フローベールの秘密

―汎神論《パンテェイスム》と両性具有《アンドロギュノス》から読みとく作品世界―

瀬戸和子
Seto Kazuko

幻冬舎 MC

Kerkouane

ケルクーアン

カルタゴ以前のフェニキア時代の遺跡、ポエニ時代の住居跡の
床モザイクにくっきりと美しい形を残すタニットの印

※2015年2月22日～3月4日 チュニジア旅行にて
筆者撮影

フェニキア時代の都市・住居跡

Carthage (Le Tophet)

カルタゴ

カルタゴ時代の遺跡
月・太陽を頂くタニットの印が刻印された石碑

Dougga

ドゥッガ

カルタゴ滅亡後のローマ時代の遺跡

フローベールの秘密

―汎神論《パンテイスム》と両性具有《アンドロギュノス》から読みとく作品世界―

はじめに

あなたは19世紀フランスの作家ギュスターヴ・フローベールを知っているだろうか。彼のデビュー作にして代表作、『ボヴァリー夫人』を読んだことはあるだろうか。読んだことはなくとも、この有名な作品は何度も映画化されているので映像で視《み》たり、文学史などでそのストーリーは知っているかもしれない。今日《こんにち》ではテレビドラマでも普通に扱える題材〈不倫〉を一つの主題とするこの作品は、トルストイの『アンナ・カレーニナ』に先立つこと約20年、おそらく最も早い時期に「姦通小説」として物議を醸《かも》し、〈風紀紊乱《びんらん》・宗教冒《ぼう》瀆《とく》〉の罪で起訴された。幸い無罪を勝ち取ったが、書評は好意的なものではなかった。が、皮肉なことにこの裁判と物語の背景にある実在の事件・人物が取り沙汰されて本は評判となりベストセラーとなった。この150年以上も前の出版界の出来事は何と今日的であることか。しかし『ボヴァリー夫人』が時を越えて読みつがれているのは、こうした一過性のスキャンダル故にではない。

1821年、ノルマンディ地方ルーアンで生まれたフローベールは、早くから文学の世界に目覚め、10代半ばから多くの作品を地方の友人達と共に同人誌に発表していた。それらの初期作品はロマン派興隆期の影響を色濃くみせ、抒情と幻想に充ちた広大な世界への憧れを表明している。が、同時に死・虚無の恐怖、暗黒・醜悪な世界への関心も見せている。すでに少年時代から、自分の生きている時代、自分もそこに属している中産階級の社会と人間に深い嫌悪感を露わにして、〈人間の愚かさ〉にシニカルな眼を向けていた。初期作品で扱われたテーマの幾つかは、その後形を変えながらも終生彼が追究していくものとなる。ともあれ驚くべき早熟の才を見せた後、長い習作・修業時代を経て、１８５７年に世に出たこの作品は写実主義レアリスム小説の傑作と評価され、遅まきながら彼に作家の道を開くことになった。

　彼はこの作品を完成させるのに5年近い月日を要した。それは〈あるモノを表現するにふさわしい言葉は一つしかない〉〈言葉と言葉をつなぐ絶対の関係がある〉という理念のもと、完璧な表現を求めて何度も推敲を重ね、作品の為の資料・文献収集とその読書にも厖《ぼう》大《だい》な時間を要したからである。以後この執筆体制は変わることなく、一つの作品完成に数年を要する寡作の作家になることを余儀なくされるのである。〈偉大な芸術は科学的で非個性的なもの〉〈芸術家は自然における神の如く作品に自己の姿を見せてはならない〉という客観主義を貫き、その身を芸術に捧げる生涯となる。

しかし〈書く事〉は喜びであると同時に〈ペンが重い櫂《かい》のようになる〉苦行となって彼を苦吟させた。やがて20世紀になると彼が唱えた〈何についても書かれていない小説〉〈ただ地球が浮いているように何の支えもなく文体の力だけで自立する小説〉をめざす新しい文学者達（ヌーボーロマンの担い手達）に師と仰がれ再評価されてくる。が、生前写実主義の巨匠に祭り上げられた時も、彼のめざした客観的で科学精神に則って創作された同時代の作品を傍らに、若き日浴びたロマン主義精神を忘れる事はなかった。『ボヴァリー夫人』の辛い世界から解放されると古代カルタゴを舞台とした『サラムボー』で夢と幻想の世界を描くことにする。しばしこの忌まわしい近代の社会を忘れるために。

ところで、あなたは生物学的にあるいはジェンダー的に男性だろうか、女性だろうか？モデル問題を煩《わずら》わしく詮索されてフローベールが〈ボヴァリー夫人は私だ〉と答えたエピソードは有名だが、それは作家が登場人物や作品世界全体に入り込んで同一化する状況として納得できる。しかし、作家と作品のこうした親和関係とはまた別に、作家自身の中に男性でもあり女性でもありたいという両性具有《アンドロギュノス》の願望があったのである。彼だけでなく人は誰しも多少は自分と反対の性、あるいは両方の性を持ってみたいという、密かな願望を隠し持っているのかもしれない。フローベールの作品世界にはこの両性具有的テーマが隠されていて、それは今読んでも極めて現代的な視点で大変面白い。

この本ではまず第一部で広大な自然を前に魂がその中に、融解・合体して味わう〈汎神論《パンテイスム》的恍惚体験〉を含む初期作品の〈無限〉を考察して、若き日の作家の基盤、芸術的出発点と来《きた》るべき展望を押さえる。ついで第二、第三部では現世の性を越える、永遠の愛に通ずる両性具有《アンドロギュノス》の問題をテーマに、作者の女性観、恋愛観を概括し『サラムボー』を読み解く指標とする。なお『サラムボー』は執筆順からみれば『ボヴァリー夫人』の次にくる作品だが、古代を舞台にしたこの歴史小説の背景は作家の夢と幻想を色濃く反映していて、両性具有の指標が読み取り易いので、まずこの古代世界を押さえてから、最後に同時代を舞台にした二つの作品の世界を読み解く。第四部では『ボヴァリー夫人』の脇役、夫のシャルル・ボヴァリーを中心にして彼をめぐる3人のボヴァリー夫人達を含む物語として、今までとは違った視点からこの物語を読んでみる試みである。第五部では二月革命から第二帝政まで19世紀後半の歴史を舞台にした『感情教育』の世界を、遠い昔、青年フローベールが体験した恋と重ねながら読み解いていく。

21世紀の今日《こんにち》、小説も文学全般もかつての輝きを失い、それに代わる多くの娯楽が満ち溢れている社会で、今何故フローベールなのか？　2世紀も前のフランスの作家と作品なのか？　それは先に簡単に触れてきたように、彼が〈書く事〉に捧げた情熱と努力が今も決して無意味な作業とは思えないからである。どれ程社会が進歩し便利な世の中になっても、人は生きている限り思った事、感じた事を、話し、書く事で他人に伝えたいと願い、伝える作業を通して自己のアイデンティティを確立していく生き物だからである。その心に秘めた、感じた思いを確定し定着させるには何より〈書く事〉が大事であり必要であろう。何をどう書くべきか、あなたが何かを表現したい、表現しようと思って悪戦苦闘する時、生涯文体の鍛錬に苦吟した作家がいた事を思い出すのは励みになるだろう。

フローベールの〈人間は無、作品が全て〉という信条に支えられたその表現力の切磋琢磨した世界と、彼の作品世界に秘められた極めて現代的なテーマ〈ジェンダーの問題〉は注目に値する。その作品世界は、つい最近まで無視され、非難されてきた因習的性差別への新しい世界観を垣間見せてくれる足掛かりにもなると信じている。作品論に興味が持てたら、是非作品（全て翻訳存在）を読んでみてその世界に触れて欲しいと切望している。

目次

第五部 フレデリックの恋
―『感情教育』を読む― …… 148

第一部　フローベールの芸術的出発
―初期作品を読む―

1．初期作品にみる〈無限〉

１８３９年、18歳のフローベールは待ち望んでいたコレージュ（中・高校）の哲学級に進む。が、５歳年長の友人アルフレッド・ル・ポワトヴァン[※1]の影響や個人的読書体験を通して、すでに１８３６年頃から一連の哲学的・神秘主義的初期作品に、人生に対する深い疑問、形而上学的問題を考察するようになる。そこでは〈人間〉〈神〉〈魂〉〈精神と肉体〉とは何かというテーマが繰り返され、有限の存在としての人間と〈無限〉の世界を思い、〈虚無（néant《ネアン》)〉に捉われていく。

「……永遠の中に虚無を見てしまった……（『地獄の夢』)」

「永遠！　この言葉と共に我々の足下に何という深淵が口を広げる事か……何故我々は生きているのか、何故死ぬのか、いかなる目的の為に？　不幸のいかなる風、絶望のいかなる風によって砂の粒に等しい我々は大暴風の中に投げ出されるのか？（『汝何を望まんとも』）」

「……永遠は拷問で、虚無は己を食い尽くす……（『死者の舞踏』）」

この虚無、深淵は時間的〈無限（永遠éternité《エテルニテ》）〉として青年フローベールを苦しめる。１８３８年の作品『狂人の手記』でも「人間とはあの未知の手によって無限の中に投じられた砂の粒、深淵のふちで全《あら》ゆる枝にすがろうとしている弱い足をもつ哀れな虫けらだ。」と繰り返されるが、ここでは〈無限〉には〈終わりない、果てしない（infini《アンフィニ》）〉という形容詞の転成名詞が使われ、19章全てがこの〈無限〉の考察に充てられてフローベールの思念の中で大きくクローズアップされてくる。

※１　アルフレッド・ル・ポワトヴァン（１８１６–１８４８）：文学仲間でフローベールが最も尊敬した親友。彼の妹はモーパッサンの母。すなわち『脂肪の塊』『女の一生』等の作者モーパッサンはポワトヴァンの甥。１８７２年頃からフローベールと師弟関係を結ぶ。

「無限！　無限！　巨大な渦巻だ。深淵から最高の未知の領域へ昇る螺旋《らせん》だ。我々全てがくらくらしながらその中を回っている古なじみの観念だ。誰しも胸のうちに持っている深淵、測りしれない深淵、底なしの深淵だ！　我々は幾昼夜となく苦悩の中で空しく考える。神とは、永遠とは、無限とは？　これらの言葉は何かと。……このように終りのない何ものかを考えると、無惨や我々は顔色なしだ！　現在生きている我々もその中に入る事になり、その広大無辺さにみな一様に弄ばれるのだ。我々はどうなるのか？　無だ、吐息一つなくなるのだ。」

彼はこの〈無限空間〉の中に、人間も自然もない世界の滅亡後の空虚な広がり、虚無の広がりを思う。しかしこの〈無限〉はこうしたペシミスティックな世界観を与えるだけではない。

「感極まると、思想は人間にとって未知のあの領域に高く舞いあがっていった。それは地球も惑星も恒星もない領域だ。僕はもしあるとすればだが、神の無限よりもっと広大な無限を手に入れた。詩想（poésie《ポエジー》）が自ずと育まれ愛と恍惚の中でその翼を広げたのだ。」

「地上に、全ゆる無価値なもののうち、崇めるにたる信仰があるとすれば、神聖で純粋で至高な何かがあるとすれば、我々が魂とよぶ、茫漠無限への飽くなき欲求にかなう何かだが、それは芸術なのだ。」

〈無限〉の至高の領域は、ポエジーに結びつけて考えられており、無限への欲求にかなうものとして〈芸術〉が考えられている。フローベールにとって〈無限〉は、虚無・深淵を考えさせる否定的相のみならず、詩想、芸術の息する至高の領域として肯定的相も持っている。しかし、どういう段階をへて無限から実在へ降りるのか、どうすれば徐々に詩想はそこなわれずに降りてゆけるのか、無限を抱くこの巨人をどうやって縮小するのか分からず、このポエジー、高揚した思想のはばたく〈無限〉の世界を表現する術《すべ》がない。そして「無限の中に美を求めたかったのに疑惑しか見当らない。」と嘆く事になってしまう。

１８３９年の作品『スマール』の中で展開された〈無限〉もほぼ『狂人の手記』と同様のものである。〈無限空間〉の中へ悪魔の誘惑に応じてともに飛翔したスマールにとって「無限は一層広大なものになり又一層暗いものになる。」そしてこの広大さに打たれながら、そこで神を求めたのに、何一つ存在しない虚空である事を知って恐怖を感じる。

「私を滅ぼす二つの無限がある。一つは私の魂の中にあって私を蝕む。もう一つは私の周りにあって私を打ち砕こうとする。」

スマールは、外界のこの〈無限空間〉を知ろうとして空中に高く飛翔するのだが、そこに神ではなく虚無、深淵をみて打ち砕かれる。もう一つの魂の中にある〈無限〉とは何か。それは作者の自伝的記述とも思えるスマールの過去回想の部分に示されている。太陽と共に生き自然を見つめ自然の音に耳を傾けて生きる彼の魂の中では、自然の一切のものが広大な調和を持ち一切のものが反響している。彼はこの魂にかきたてられて詩人になる事を夢みる。

「おお！　詩人！　それは他人より偉大だと感じる事、神の手になる被造物のように、全てを己のうちに入れ、回らせ、語らせる事ができる程広大な魂を持つ事だ。草の芽から永遠まで、砂粒から人間の心にまで及ぶ果てしなく絶えまない諸段階の全てを表現する事。この世にある最も美しいもの、心地よいもの、甘美なもの一切を、……世界を、不死不滅を所有する事だ。」

しかし、いざペンを手にしてみると何をいったらよいか分からず、一言も書く事が出来ずここに芸術の限界さえみてしまう。

「無限を抱きしめたいと思っていたのにその食いものにされていた。」という『狂人の手記』の主人公の実感は、『スマール』の中にもそのまま引きつがれていく。

「……はたと行きづまってしまうところがあるものだ。最近もずっと無限と対峙していた僕のミステール（神秘劇、『スマール』の事―筆者注）執筆中で多いに苦しんだ。僕は自分の魂を惑わしていたものを表現する術がなかったのだ。」（1838年12月26日）と書簡に告白したようにそれは又フローベール自身の状態でもあった。彼がこの己をさいなむ無限＝虚無から身を引きはなして、魂の中の無限を表現できる芸術家の道を生きる事に救いと確信を見出すには、『11月』を経て『初稿感情教育』でのジュールが到達したような芸術観まで待たねばならない。

2. 恋にみる〈無限〉

1842年の作品『11月』では〈無限〉はこれまでのように虚無と結びついた悲観的世界観として示されもするが、その至高の領域に芸術とならんで恋愛が現れてくる。これまでも、「理性の終るところから心の帝国が始まっていた。心は広大で無限であった。何故なら心はその愛情の中に宇宙を含んでいたからである。」(『汝何を望まんとも』)「彼女は涯てしない情熱への、無限の恋への尽きない渇きを覚えていた。」(『情熱と美徳』)と恋愛や心を形容する〈無限〉の例はあったが、『11月』では恋の思いそのものを〈無限〉とし恋に果てしない幸福感をみようとする。

「思春期の恋愛には官能性など全くなく唯無限感がみちている。」
「恋を夢みるとは全てを夢みること、それは幸福の中でも無限のものである。」

さらにこのような恋を求める心と、自然に溶けこみ忘我したいという欲求が混同される。

「恋をしたい欲求、恋に全身をあげて溶けこみ、何か甘美で偉大な感情にひたりたい欲求、光と香りのうちに気を晴らしたいという欲求に心がとらわれるのを感じた。」

この欲求は、官能的欲望に、まだ見ぬ女性に投影され、主人公は激しい情動にかりたてられて恋を、女性を求めて外に出る。そして自然全体がこの思いを刺激する。

「……僕はこの生き生きとした自然の重みに気圧されて快楽に気が遠くなりそうだった。そして恋を呼び求めたのだ！」

自我と非我の境界が消失し宇宙的合体感のうちに生じるこのエクスタシーは、他者と自己との一体感を瞬時にもたらす恋愛の陶酔においても得られうるものであり、フローベールがここに〈無限〉をみようとした事は肯ける。青年期の彼は恋の情熱を一点に、愛する人に集中することで宇宙が輝き世界が開かれるような涯《はて》しない恋を夢想した。しかし、彼が求めた恋愛は想像裡においてしか、物語の中でしか可能ではない。自らもそれを認め、現実の恋をシニックにみつめる眼も早くから併せ持っている。

「崇高な愛がもし存在したとしてもこの世の美しいものが全てそうであるようにそれは空想にすぎない。」

最もロマン派的自伝作品と言われるこの『狂人の手記』においてさえ、もはや彼にはロマン派の描いた恋愛を信奉することは不可能であった。「あれは最も崇高なものであると同時に最も下らぬ茶番劇なのだ。」この劇の進展、各幕は『初稿感情教育』で詳述され愛し合っている人間の間にも次第に虚無のすきま風が忍び込んでくる軌跡を描いている。

フローベールの物語にはすでに初期作品から、決して幸福な恋愛、愛し合う二人が達する無限のエクスタシーは存在しない。人物達は空想の、この不可能な愛を追求し、恋が与える瞬時のエクスタシーを持続しようと望んで現実の人生には不幸しか見出せないのである。現実の人生に恋の〈無限〉を求める事は、フローベールにとって早くから放棄されているといってよいだろう。

3. 汎神論 (panthéisme《パンテイスム》) 的恍惚体験

この体験の最初の記述は、1840年ピレネー・コルシカ旅行の〈コルシカ島サゴーヌ湾〉の記録（『旅行記』）にみられる。

「海はバラより馨しく香り、我々はうっとりとしてこの香を嗅いだ。身のうちに日の光を、海の微風を、水平線の眺めを、ミルト（銀梅花）の香りを吸いこんだ。……光と純粋な大気、えもいえぬ甘美な思いに浸たされ、全ゆるものが体内で喜びにうちふるえ、自然の諸要素とともにはばたく。人はそこに心を集中し共に息をする。この微妙な結びつきの中で撥剌とした自然の精髄が体中を走っていく。……何か天上の偉大で柔和なものが日の光の中に漂い、空に立ちのぼる朝のバラ色の蒸気のようにこの光り輝く無限の中に消えていく。」

すでにここには後に同種の体験を記述する『11月』『野を越え、磯を越えて』にみる要素のほとんど全てが示されている。広大な海、空、太陽、風、波音、香り、光、視聴嗅触の各感覚を介しての自然への浸透、共感、同化拡散、恍惚感とその消失……。40年のこの体験をより明確にした42年夏トルービル海岸での体験を基にしていると推定される『11月』での記述は、物語中の一エピソードとして挿入され詳細で文学的にも精錬されてきている。

「……神の霊が身内にみなぎり、自分の心が雄大になってくるのを覚え不思議な衝動にかられて何かしら崇めたくなっていた。できる事なら日の光の中に吸いこまれ、海面から立ち昇る匂いと共にあの果てしもない青空の中に没入してしまいたいと思った。すると狂おしい程の歓喜に捉われた。まるで天上の幸福がそっくり自分の魂の中に入り込んできたかのような気持ちで歩き出した。……その時僕は天地創造の幸福と、神が人間の為にそこに生み出して下さった喜びとがことごとく理解できた。忘我の境地だけが聞く事のできる完璧な諧調の如く、自然界が美しくみえてきた。……」

長い記述なのでごく一部しか抜粋できないが、ここに至る各感覚の援用も詳細多岐にわたり、サゴーヌ湾では〈天上的な何か〉としか言われなかったものが〈神の霊〉と記され、文字通りの自然=神に一体化する体験が語られている。『11月』にみるこのエクスタシーは、

「フローベールが十全に体験した唯一のものであろう。」[1]と、M・ルブサンは言っている。しかし、〈できる事なら日の光の中に……〉〈あたかも天上の幸福が……〉と条件法過去形による非現実仮定の表現が用いられている事に留意する必要があるだろう。この条件法過去形は47年のブルターニュ旅行ベリル海岸での体験記述にも見出せる。先のサゴーヌ湾での記述も、汎神論的体験を述べるくだりは、On（フランス語で我々、一般的人を示す不定代名詞）を主語とする現在形という一般論的記述となっている事を考え合わせると、自然の中に完全に忘我し自我が拡散消滅する宇宙的合体感の恍惚体験というのは、フローベールの十全な実体験としては意識されなかったのではないかと思えてくる。

「……我々は目を楽しませ、鼻孔を広げ耳を開いた。……自然の力をより親密に捉え、より深く感知できた。……一心に浸透し入り込んで自然と一体となり、自然の中に拡散した。自然に捉えられ、自然が支配するのを感じ、その事で法外な喜びを覚えた。自然の中に自己を消滅しその虜となるか自然をこちらに取り込む事ができればと思った。自然の中に横たわり、歓喜と悦びにふるえて、人を愛するときの熱狂のように、触れる為にもっと多くの手が、接吻する為に唇が、眺める為に視線が、愛する為に心がもっと多くあればと思った。……」

ベリル海岸での体験を記述したこの『野を越え、磯《いそ》を越えて』（1847年）は、『初稿感情教育』（1845年）の後に書かれたものであり、スピノザの汎神論の影響も考慮しなければならないだろう（フローベールの『エティカ』の読書は1843年末と推定されるので）[2]。それにここでも、〈……自然の力の何か生命をおびたものが、おそらく視線にひきつけられて僕達まで届き同化されると……〉〈……一心に浸透し入り込んだ結果……自然の中に拡散し……〉という表現にみるように、この同化合体作用は諸感覚、とりわけ視覚に負い、又かなり意識的な精神の集中作用によって生じる事が読みとれる。そしてこの感覚が今度は逆に、周囲に対する意識として絶えず外界から刺激を受け、精神の集中を妨げ、存在を完全に自然の中に消滅させない事にもなろう。

ところでフローベールのこれら三つの海を前にした恍惚体験には、今一つ共通項がある。それは、みな長時間、長距離の歩行に先立たれているという事である。

自然の中での歩行運動が肉体のみならず心に与える高揚感、つまり規則的リズムをもった長時間にわたる歩行が、肉体的には疲労を与えながらも、心からは雑念を払って空《くう》にし、一種の夢見心地の状態を作り出している。この状態は自然への熟視が作り出す状況とならんで、自然への融解に導いていく一つの条件ともなろう。こうしたいわば半睡状態では、意識は半ばもうろうとしながらも完全な自我喪失とはちがって、周囲に諸感覚を働かせることも出来るだろう。フローベールの体験は、意識の完全な合体拡散というより、半ば自己を失い半ば周囲の自然を諸感覚によって知覚できる半睡状態を思わせる。

ともあれ大切な事はフローベールがこうした体験を通して、直観的に魂と自然の和合の喜び、自然界の広大な調和を知った事である。そしてたとえ瞬時といえどもあの〈無限空間〉への自我の融解をはたした事である。が、この魂と自然との相互浸透作用は、すでに『汝何を望まんとも』に現れ、『狂人の手記』『スマール』にも相次いで表現されたものである。

「……長い間彼は恍惚としたこの上ない幸福感のうちに浸りながらこうした全てのもののもたらす陶酔に身を任せていた。己の魂が体中の毛孔を通じて、こんなに広くこんなに清らかな空から、調和と歓喜とを吸いこませていたのだった。……」(『スマール』)

自然を前にして開かれる魂、自然を知覚するフローベールの独特な仕方は、後《のち》に彼を自然＝神との一体化による恍惚体験に導く下地となっている。スマールはこのエクスタシーに長い間浸り陶酔にいつまでも身を任せているが、現実では『11月』の語る汎神論的体験も〈無限〉の完全な所有を許すものではない。自然＝神との合体作用がもたらす宗教的法悦にも通ずる恍惚体験も、最後のところで宗教的感情からも離れてしまい、次のような記述が続く。

「だが、それだけの事だった。すぐにこの世に生きている身である事を思い出して我に返った。……さっき思いもかけない幸福を覚えていたのと同様名づけようのない失望に陥った。……同じ道をひき返した。砂の上に自分の足跡をみつけ、草むらの中のさっき横たわった場所を再びみた。さっきは夢をみているように思われてきた。」

この体験は現実の世界にたち返る時、存在に幸福の持続を与えてくれないのである。さっきのエクスタシーは、そこから引きはなされた今の自己ともはや何のつながりもない程遠いものとなってしまう。G・プーレが指摘するように(3)、この状態を安定させる事も他と切り離して確保することもできないのである。同じ道を引き返し同じ足跡をみることで、この分断された生の隔りは一層意識される。フローベールは後に『ボヴァリー夫人』や『感情教育』で人物を同じ場所に立たせ、同じ足跡へ回帰させることで、自己が体験したこの距離感、虚無の深淵を開いてみせるであろう。

4．思い出＝過去にみる〈無限〉

「……過ぎ去った日々の思い出にふけっていた。何故なら思い出というものは快いものだから。……それは無限を要約しているのではないか？　時として人はすでに過ぎ去ってもはや帰らぬある一時、永遠に虚無に帰したある一時の事を考えて何世紀も費やし未来の全てをかけてその一時をとりもどそうとするのだろう。しかし、そうした思い出は暗い大広間にまばらに置かれた燭台のようなもので、暗闇に光っている。目に見えるのはその光のさしているところだけ。その近くにあるものは輝いているが、他の全てのものは一層暗く、闇と不安に包まれている。」（『11月』）

自然への融解と同様に、主人公はこの思い出の中に身を沈める。青年の背後にあるのはたかだか20年程の時間であるのに、彼はこの過去＝思い出に〈無限〉をみる。主人公は思い出の多様性、量に圧倒され、そこに自分一人の生ではなく、〈過去の様々な生存物の残骸をもっている〉と思え何百年も生きてきたように感じるのだ。これは『初稿感情教育』のジュールの思い出のあり方にもみられる。

「……この思い出が全部自分一人に属するのかといぶかった。たった一人の生で十分なものかと考えた。そしてこれらの思い出を失なわれてしまった別の生活に結びつけようとした。……こうした同じ土地、同じ藪を前にして浮かんでくる多様な考えの全てを思い出し、……もはやそれらを引きおこした動機も、相互の推移もはっきりとは捉えられなかったのに驚いた。そして唯自分の中に……一つの混沌としたもの、その秘密を理解できない世界全体を見出した。」

このように思い出はあまりに生々しく多様である為に、一人の人間の過去を確かなものとして回顧させるどころか、持続的時間をもって生きる人間の存在感情さえあやうくする混沌とした広がりに化してしまう。しかも過去を再現、所有するはずの思い出は、無限を要約するものと言われながら、過去を一望の灯の下にはみせてくれないのである。過ぎ去って二度と取り戻せない虚無の闇として過去は存在の背後に横たわっている。まばらに置かれた灯が照らし出してみせる諸相は、闇の中で各々の部分だけくっきり浮かび上がっても、互いに孤立し相互的な連関はみせてくれない。無限の闇にどんなに灯をふやし続けても、又その灯がどんなに明るくても無限は包摂されない。思い出の連鎖をいくら連ねても過去は、この〈無限〉所有を可能にするような持続的完全な相としては捉えられないのである。

むろんG・プーレが指摘したような、[4] 何でもない些細なものに触発されて、一時的に全生涯を一挙に甦らせる思い出もある。しかし、それは放置すればすぐに幻のように消失してしまうものである。「……自分の全生涯が幻のように目の前にあらわれてきた。……やがてそれらはみな一斉に飛び去ってどんよりした空の彼方へ消えていった。」

記憶の集中作用によって甦る詳細な思い出にしたところで、決して安定したものではない。この思い出が詳細で生き生きとしたものであればあるだけ、思い出している今との乖《かい》離《り》が露呈されてくる。

「……あの最初の香りは味わい尽くされ、あの声音は消え去っていた。僕は自分が感じていた欲望を懐かしみ、味わい失った歓喜を悼《いた》んだ。……過ぎし日に感じた期待と、今のやりきれない倦怠を考えると、自分の心が生存のどの部分に位置を占めているのか最早分からなくなった。」

あの高揚した感覚体験と同様、過去と現在を結びつけるものは何もない。過去を回顧する事で得られる喜びは、時間の連鎖の中での存在を確かなものにしてくれないのである。

「……一つの名前を思い出すと全ての人物が服装や言葉使い共々に甦ってきて僕の人生でやった通りの役割を演ずるのだ。僕は神が自分の創造した世界をみて楽しむように、彼らが眼前で振る舞うのをみている。」

17歳の少年の頭の中で〈思い出〉はすでに一つの創造の世界を開く契機、基盤となっていることを示す、この『狂人の手記』の一節は後のフローベールの創造の世界を見事に予告している。すなわち彼の作品創造は、客観的現実以上にこの思い出＝過去の想起がもたらす幻像に依拠している。「フローベールのレアリスムはドラマチックなストーリーからなるバルザック的小説を、場面をつなぎ合わせた小説に変える事にあった。」[5]とA・チボーデは述べているが、この場面（scène《セーヌ》）の多くが作家自身によって生きられた体験を核としていると言われている。[6]従ってフローベールの場面創造にはまず、自分の人生の各瞬間が細部まではっきり甦ってくるように、記憶の集中作用によって思い出の中に身を沈めなければならない。次いでこの思い出が、作家という演出家によって物語の背景、人物の行動心理に適宜採用されるよう幻像の選択、思い出の錬成がくる。しかしフローベールが作品創造に依拠するこの思い出は、先に見たように、時空的濃密さをもったものでも、連鎖的なものでもない。彼の過去の人生から切りはなされ、そこで強烈な光をあてられて、ある場面だけをまざまざと照らし出すような思い出である。まばらにおかれた灯のような思い出は、ある場面を創造させるのには適するが、場面と場面をつなぐ糸は断たれたままである。時間の秩序では統合されないこうした分断された思い出の諸相を基に過去を再現、創造する為には記憶の回顧を秩序だてる別の原則を必要とするだろう。

5.『初稿感情教育』にみる芸術観

ここまではフローベールの〈無限〉とのかかわり方を、恋愛、汎神論的恍惚体験、思い出の想起を通してみてきたが、最後に『初稿感情教育』の主人公ジュールの芸術家への進展に、フローベールがこの延長線上に到達した新しい世界観、美学を考察しておきたい。

前章で一人の生では不十分な程の広がりをもち、各々相互の因果関係も関連も見出せないまま、ついには混沌とした不確かな世界に化してしまうジュールの思い出のあり方を指摘したが、テクストは同じ26章で再びこうした想起を繰り返した後、「だが、こうした全てのものから彼の現在の状態は結果していたのであり、又こうした全てのものに立ち返る事もできるのだ。一つ一つの出来事が継起する出来事を生み出し、それぞれの感情もある観念の中に溶けこんでいた。……従って一連の多様な知覚の中にも一貫性と継起があったのだ。」と結論する。

G・プーレが、〈今この瞬間に存在するものとそれに先立つ全ゆる瞬間に存在していたものとの十全な相応関係〉、〈精神が世界を統一ある全体として保持する為に課する帰納的一体系[7]〉と呼んで注目したあの秩序の法則に達する。ここには先程のような思い出の多様性がもたらす不安定な混沌性はもうない。が、この突然の開眼、この相違は何なのか。彼は一体どこからこの法則を導き出したのか。

テクストでは分断されて示されているこの箇所は、同一場所で時間的にも持続した背景を持つ、同一場面で起こった事と考えられる。先の混沌性は内部では保持されたまま、外からの原則に説得される。最初の想起の後に、ジュールが失恋後、現実での愛と栄光を諦め、様々な夢想、想像の世界に身を委ねることで自己自身から脱し、芸術家の没個性の重要性を受け入れた芸術家にすでに成っている事を示す箇所がある。ジュールが苦悩の末に、有限なるものからはなれて、真実を知る方法としての芸術、純粋芸術の観念を所有した事が、つまり芸術家は、全体をながめる為に、全てを知り全てを感じる為に、自分の情熱や人生観に閉じ籠もらず、その外に出てゆかねばならない事を受け入れている事が記されている。そしてジュールの最も大切なこの出発点は、すでにこれ以前20章、21章で示されたジュールの進展の歩みの確認なのである。

「神に与えられた山程の愛を彼は一人の人間、一つのものに投げかけず、自分の周りに共感の光のようにふりまいた。石を生かし木々と語り、花の魂を吸い、死者に尋ね世界と共に生きるのだった。彼は徐々に具体的なもの、限りあるもの、終りあるものから身を引いた。抽象的なもの、永遠なるもの、美なるものにとどまる為に。……彼は自然に対して愛情のこもった理解、新しい能力をもとうと努めた。その力によって世界全体を一つの完璧な調和として享受しようとのぞんだ。」

ジュールは青年期のあの無限の幸福を具現する恋に破れた後、その心の愛を自然に投じ、自然の全ゆるものに共感、融解するエクスタシーを通してこの自然にある全てのものの秩序と調和を知る。そしてこの自然界の秩序と調和が、想像の世界で全ゆる時代、国々、人々に身を移した時にも認められると思い、歴史、心理学研究によって、精神の世界にも同じ秩序と調和を求めていく。

先程問題にした時点では、すでにジュールは、この自然界の秩序と調和を、人間性(humanité)《ユマニテ》、芸術の世界にまで押し広げ、世界全体の調和と秩序という新しい概念に達している。この観点にたてば、全ゆるものが何か必然的な秩序に従ってそこに存在し、各々の相互関係、因果関係もその理由は確かに出来ないとしても、この秩序と調和を保つべく予めそうなるように定められていたのだろう、という先に示したジュールの結論が導かれる。なお、おそらくここには、「一切は神の中に存在し、生じてくる一切のものは神の無限の本性の諸法則によってのみ生じ、神の本質の必然性から帰結される。[8]」というスピノザの汎神論哲学の世界観も影響を与えているだろう。

いずれにしてもこの秩序原則に従えば、昔ジュールが感じ苦しんだ全ゆる事が、否定され放棄されるべきものではなく、彼の生涯において各々美しく調和を保っている事になる。こうした過去の全てを統合し、各々の絶対的原因をたずねて、彼はそこに〈同じものを前にした同じ観念、同じ事実を前にした同じ感覚の周期的回帰の中にだけ奇跡的調和（シンメトリー）がある事〉に気がつく。

「自然もこの調和の奏楽に加わった。そして世界全体は彼には無限なるものを再現し、神の顔を反映するものと思われた。芸術はこうした全ての線を描き、全ての音を歌い、全ての形を刻み、その各々に均斉を与え、未知の道を通って美そのものよりももっと美しいあの美へとその均合いを導いてゆくものだった。」

ここには、かつてのように同じ処への回帰がもたらす生の分断、時の分断を生起させるあの深淵はない。生の背後には、因果・相関関係ですき間なくつながる持続した時間が流れているはずだから、かつてと同じ処同じものを前に、同じ感情・感覚に捉われる事に、奇跡的な調和＝相称を見出す。そしてこの世界全体がどんなに広大になろうと芸術はこの世界を描ける。いやこの調和ある世界を再現する為に、現実の世界よりもっと高次の絶対的美の出現をめざして描かなければならないのだ。ここには、フローベールが到達した新しい世界観、芸術家の使命がみてとれる。

この26章は様々なジュールの内省の声が主調音となっている為見落とされがちだが、全て同じ時と場所の持続の中で展開されている。すなわちジュールは野原に散歩に出て行き、昔訪れた思い出の場所を歩いている。その最初の描写をみてみると前章でみたあの自然への融解、汎神論的恍惚体験のおこる状況ときわめて類似している事に気づく。『11月』と同様、ジュールは孤独な静謐《せいひつ》さの中で自分の足音だけを聞き、木々を、田園の風景を眺める。それらは今彼らが眼前にしている風景でもあり、又過去の様々な折りの風景のイマージュでもある。「……消えかかる光の色の心に入り込みこの調和全体を理解してその和合を学びたいと思った頃……」とか「あの頃は自分の全存在が陽ざしを浴びるように幸福に向って花開いていた。」という表現がみえることからも、同じ風景をみつめているジュールに、又このくだりを書いているフローベールに、かつての自然への融解、エクスタシーの思い出が無意識にも介入してきてそれを追体験しているように思われるのだ。今までみてきたような様々な省察を重ねた後、ジュールは再び顔を上げてこの自然をみつめなおす。「大気は清やかでヒースの香りがしみこんでいた。彼はその空気を一杯吸いこんだ。何やらさわやかな生気あふれるものが彼の魂の中に入ってきた。」が、次いで起こるのは自然への融解ではない。ここでは太陽は強烈な光を失い容易に眺められる穏やかさを持っている。そしてこの自然の中に忘我することではなく、自己に帰ること、現実に立ち帰る事が決意されているのである。

これからジュールはどうなるのか、この小説の最後がそれを示してくれる。現実には彼の人生は〈単調な同じ仕事、同じ孤独の瞑想〉のうちに過ぎる。がその心の中には、あの汎神論的世界〈陽の光のしみわたった東洋の青空〉が広がり、想像の世界で目を開き耳を傾ければ、〈森が広がり、海は高鳴り、地平線は遠く空に接し溶け合う〉。現実の人生は消え魂はこの無限の中を飛翔する。自然界のみならず歴史が人類が次々と彼の内に広がり、彼はその全ゆる魂、形、色彩の中に入り込み、様々な段階、生成、つながり、結末に思いをめぐらす。

「……生活は彼に偶発的なものを与え、彼はそれを動かしがたいものにする。人々が彼に差し出すものを彼は芸術に与える。全てが彼をめざして押しよせ、彼から又流れ出る。……全ゆる要素に分けてゆきながら全てを自分に関係づけてゆく。そして、才能をたのみ労苦を惜しまず、芸術家としての天職、使命の中に自己実現してゆく。果てしない汎神論であり、それが彼を通って再び芸術の中にあらわれてくるのだ。」

ここに彼はあの現実の汎神論的体験では決して得られなかった真の持続的エクスタシーを知る。それは自然への自己喪失、拡散のうちにではなく、想像＝イマジネールの世界での芸術的直観とも呼べる幻像の世界に広がる。芸術家の仕事だけがこれをしっかり捉えて再現する事ができる。フローベールは作品の主人公達に、自分がかつて体験した自然への融解のエクスタシーを、あるいは青少年期から彼の魂をみたしていた言葉にならない詩想の高揚感を付与する。が、いずれも人物達は一時的にこのエクスタシーを体験するだけで、その体験によって真に幸福になるのでもなく、そこから新たな世界へ雄飛していく事もない。それは真のエクスタシーが芸術家として生きる事のうちにしかないとフローベールが確信しているからである。

1章でみたように、芸術家ジュールとさ程遠くない詩人観をめざしたスマールが「自然を我がものにした後、僕は人の心を、世界の次には無限を我がものにしようとした。その為僕は底なしの深淵におち込み今もそこで転げ回っている。」という嘆きに陥ってしまうのは、この世界の調和、己の魂にあふれる詩情、想像の世界を、表現、言語化しえないと絶望したからであった。ジュールは世界全体の調和という哲学の下で、文体研究にとりかかる。

「彼は観念（idée《イデ》）の誕生と同時に観念が溶けこんでいる形式（forme《フォルム》）とを観察し、観念と形式の相応《ふさわ》しいパラレルな展開を見出す。そこには精神が物質に同化し、物質を精神そのもののように永遠化する神々しい融合がある。」

彼は、変化に富みながらも全体の調和を保つ優れた作品を生み出す原則を求める。しかし、至高の原則として〈形式〉があるのではなく、作品の独自性をつくるのは、個々の具体的個人的〈形式〉であり、又それにふさわしい〈形式〉をもつ〈観念〉である事を知る。〈観念〉と〈形式〉の一致というこの以後終生変わらないフローベールの美学は、ヘーゲル美学の〈形式と内容の一致[9]〉に負っているとしても、やはりその汎神論的調和の世界観から導き出されたものである。

ジュールは、「……自分の〈形式〉を研究し、そこにふくまれている〈内容〉を〈形式〉から、引き出す事によって自ずと新しい方法、本当の独創性を獲得した。」が、彼はまだこの理論を本当には実践していない。それが表出されれば、美と真実がそこにあらわれるような〈形式〉と〈内容〉の調和ある世界、一つの文章が、一つのセンテンスが、一つのパラグラフ、一つの章が、そして一つの作品全体が調和ある世界となるような創造の仕事がいかに困難なものであるか、まだ知らない。

『初稿感情教育』の最後で作者は、ジュールとアンリの二人の友人の離反を、ジュールが選択したあの原則に則って説明している。

「……現在の彼らがしている事、今夢みている事は、過去の彼らから、昔彼らがしてきた事、夢みたことの結果である。ある男の人生の一日一日は鎖のようなもので、一つの輪は別の輪に、次の輪は又次の輪につながっていて全部有益なのだ。」

この作品を失敗作と断定したフローベールは、後にルイズ・コレに「何故一つの幹が宿命的に二つに分れなければならなかったか、ある作用が一人の人物にあって何故特にこれこれの結果を招き、それ以外であり得なかったのか、を示す事です。原因も結果も示されていません。が原因から結果へのつながりが示されていません。」（１８５２年1月16日）と語っている。『聖アントワーヌの誘惑』についても同様「わが首飾りの真珠を何と心をこめて彫琢《ちょうたく》したことか！　忘れていたのは一つ、珠を通す糸です。」と嘆き反省している。フローベールはこの失敗を『ボヴァリー夫人』の5年近い歳月の執筆を通して克服していく。『ボヴァリー夫人』はある意味で、〈何故エンマが結婚に幻滅し、二人の恋人を持ち、自殺するに至ったか〉の経過の小説ともいえるだろう。G・メッシュは『ボヴァリー夫人の起源』の研究において、はじめのテーマとプランに沿って、いかに場面の連鎖が錬成されてくるか、各エピソード、各場面のつながりと物語全体の進展をつくる連鎖に、又各エピソードと物語全体の調和にフローベールがいかに苦労したかを、詳述している。(10)

この予想以上に年月を要した『ボヴァリー夫人』錬成の辛抱強い仕事を通して、フローベールは、ジュールの理論を真に己のものとしたのである。

＊　＊　＊

ここまでフローベールの初期作品における〈無限〉の両極相のうち、恋愛における心の広がり、自然との合体恍惚体験による空間の広がり、思い出＝過去の想起する時間的広がりと、肯定相ともいえる〈無限〉を考察してきた。そしてそれらが『初稿感情教育』のジュールの芸術観の中にいかに結実したかをみてきた。フローベールがここで達した〈世界の統一（unité《ユニテ》）〉なるスピノザ的汎神論、新しい世界観、統一美学は以後終生変らず、彼が信奉していくものである。それは〈芸術家〉としての存在意義をフローベールに確立させるものでもあった。

しかし〈無限〉がもつ、もう一つの否定相、存在から生の意味を奪い、全てを疑わせる懐疑主義、フローベールのペシミスム、あの虚無の世界に結びつく〈無限〉は、これによって解消されるものではなかった。フローベールは又終生この〈虚無への捉われ（Goût《グー》 du《デュ》 Néant《ネアン》）〉を持ち続ける。[11] が、フローベールにおけるこの虚無の問題は、稿を新たにしなければ論じられない大テーマだと思われる。

注

(1) M. Reboussin, *Le drame spirituel de Flaubert*, Paris, Nizet, 1973.
(2) J. Bruneau, *Les débuts littéraires de Gustave Flaubert*, Paris, Armand Colin, 1962.
(3) G. Poulet, *Études sur le temps humain*, Paris, Plon, 1950.
(4) G. Poulet 前掲書。
(5) A. Thibaudet, *Gustave Flaubert*, Paris, Gallimard, 1973.
(6) J. Bruneau 前掲書。
(7) G. Poulet 前掲書。
(8) スピノザ『エティカ』（中公バックス世界の名著30巻）中央公論社　１９８２年。
(9) ヘーゲル『美学』（ヘーゲル全集18ｂ）岩波書店　１９６５年。
(10) G. Mersch, *La Genése de Madame Bovary*, Genève-Paris Slatkine Reprints, 1980.
(11) J. Bruneau 前掲書。

第二部　フローベールにおける〈両性具有（androgyne）《アンドロジィヌ》〉の問題
―『サラムボー』を読む―

1．フローベールにみる女性神話

フローベールの小説に描かれた恋愛対象の女性達はL・グジバが考察したように[1]19世紀ブルジョワジーのイデオロギーに則ったステレオタイプを免れえない面もあるが、同時にフローベールの個人的偏愛の傾向を色濃く反映している。中でもとりわけ注目すべき基本的傾向がある。それは清純無垢・不可侵の聖母的女性と限りない魅力で誘惑してやまず快楽追求において男性のアイデンティティを脅かすヴィーナス的女性という二つのイメージへの傾斜である。前者にあって肉体は、禁じられ近づき難いものとして包み隠され無視され、時に嫌悪される。直接的肉体の接触は回避され、代わって香り、視線、衣服とその感触等、フェティシズムの対象となるものが大きなウェイトを占めてくる。小説中の恋でも現実のルイズ・コレとの恋でもフローベールのこのフェティシズム傾向の例は顕著である。『初稿感情教育』のアンリとルノー夫人、『感情教育』のフレデリックとアルヌー夫人、『ボヴァリー夫人』のジュスタンとボヴァリー夫人（エンマ）、小説に描かれた恋のみならず実生活でも年上の人妻、母性的女性にフローベールが惹かれていた事はよく知られている。この母性の強調された恋では、愛の欲望は実現不可能なものになりやすく、それ故にこそ、これらの諸感覚・事物を通して想像裡のうちに一層激しく花開く。例えば香りは愛欲の最も象徴的感覚として欲望の高まりにおいて女性そのものと同一視され嗅覚《きゅうかく》のエロティスムを構成する。またアンリが〈黙って見つめ合う瞬間が最も心地よい……〉と明言しているように、視線の持つエロティスムもフローベールの描く恋を構成する重要な要素となる。裏返せばこれらはみな女性の肉体への直接的接触の恐怖を物語るものであろう。

もう一方のヴィーナス的女性ではどうか。至高の情熱を求め肉体的接触も許される恋では、男と女は所有するかされるか、支配するかされるか、愛は熾烈《しれつ》な戦いの様相を帯びる。が、対象を貪り呑み尽くそうとする激しい欲望は、逆に相手から呑み込まれ己を無化したいという密かな誘惑と同義であり、愛における所有―非所有の関係はいつでも逆転しうる。こうして肉体を媒体にした果てしない快楽追求は常に存在を疲弊させ失望させる危険を孕《はら》んでいる。

二つの基本構造のうち、前者の側面が基調となっているのが『感情教育』、後者の基調は『サラムボー』、『ボヴァリー夫人』はこの二つを等分に持っていると言えるかもしれない。むろん先の二作品も、その他の作品においても、これら二つの傾向は混入されており微妙に入り交じって一つの恋の世界を構成しているのではあるが……

L・グジバは女優や娼婦・姦通する女等モラル的に堕落した女性へのフローベールの偏愛と年上の父性的存在によって嫉妬させられる青年の恋＝エディプス的三角関係の欲望に注目し、堕落した母性のイメージとして溶け合う聖母マリアとヴィーナスの混淆《こんこう》を指摘している。そもそもこの二つの傾向は一つのものの両面とも言える。その肉体が不可侵の聖母マリアのイメージであろうと、エロス追求のヴィーナスのイメージであろうと、導き出される女性観はともに女性への恐怖・畏怖の念と限りないエロス・欲望である。それはすでに『狂人の手記』に描かれた恋の図式でもある。その名前が象徴するようにマリアは最初子供に授乳する神聖な母性として現れ、同時に〈ヴィーナスが台座から降りて歩き出したかのような〉衝撃を与える。その驚嘆・神秘的感動は肉欲とは遠く、ただ傍《かたわ》らにその人の存在を感じ、その眼差し、その声に酔いしれるだけである。が、その内的幸福・恋心を打ち明けるにはあまりに内気だった主人公もやがて、彼女が夫と過ごす家の壁を見つめ淫らな想像に陥り夫を嫉妬する。

「僕は彼女の夫、陽気で卑俗なあの男の事を考えた。すると最も忌まわしい想像図が浮かんできて、この上ないご馳走に囲まれながら檻の中で餓死させられる者のようだった。」

肉体を嫌悪すると同時に呑み込み貪り尽くしたいという激しい愛の欲求はフローベールにおいて、このようにしばしば食欲による比喩表現となって現れる。J・P・リシャールが食欲、転じて全ゆる貪欲さに対する絶えざる消化不良、その内的脆弱さを指摘したように[(2)]愛の対象を呑み尽くす消化の失敗は、結局永久に充たされない欲求不満となって愛の不毛に行き着いてしまう恐れを孕んでいる。『11月』の中で主人公はマリーとの交情の後、次のように言う。

「あんな事にすぎなかったのか、恋をするとは！　あれだけのものだったのか、女とは！　ああ、何故僕達はたらふく食べた時にもなお空腹を覚えるのか？　こんなに渇望しているのに何故失望するのか？」

が、別れるとすぐに〈最初気づかず探り出せなかった何か〉があるように思い再び女に会いたくなるのである。食欲＝愛欲のこの絶えざる渇望と失望の繰り返しが示すようにフローベールにとって現実の人生とは常に不満・不全にならざるを得ない。女性恐怖―至高の情熱(passion)《パッション》、肉体嫌悪―果てしないエロス、対立する両面を持つ彼の恋の世界は、それ故に現実よりも想像の世界にふさわしいものである。娼婦、姦通＝人妻というモラル的には問題のある関係に恋を謳歌し、結婚という法的制度関係にはいかなる恋情も喚起されなかったのも一つにはこの為であろう。初期作品時代から彼は男と女の幸せな結婚というものを想定出来なかった。実生活でも兄、友人達の結婚に失望・軽蔑を隠せず、恋人ルイズ・コレに結婚を迫られ子供が出来たかもしれないと言われて狼狽《ろうばい》する。この問題は二人が交際しはじめた頃から起こり何度か繰り返されている。その経緯は多くの書簡からうかがえる。『狂人の手記』でマリアへの崇高な恋を語った後に、こうした恋は現実においては幻想と否定、男女の愛をイロニックに見つめる。

「二つの存在がふと偶然に地上で出会い、一方が女で他方が男である為に愛し合う！　……二つの魂は各々激しく熱せられた器官を持っているのでやがてグロテスクに絡《から》み合い、唸ったり溜息をついたりして、共に闘うのは地上に馬鹿者をもう一人、二人によく似るであろう不幸な者を生み出そうというのだ！　彼らを見てみよ。その瞬間には犬や蠅よりも下らない。」

『11月』ではこの男女の性（セックス）→子供の誕生は〈人を殺す事は子供を作る事程悪い事ではない〉ともっとシニックになる。娼婦マリーとの二度目の交情で「二人の筋肉は捩《よじ》れて一つに絡み合い締め付け合い、互いに食い込んでいた。享楽は錯乱に、快感は苦痛に変わりつつあった。」と肉体的快楽が苦痛に変わってしまう事を語り、女が「もし子供が出来たら！」と脅えて言うと、急いで身を引き離し逃げ出してしまう。この娼婦との恋は互いに永遠の女性・男性を求める愛の絶対的渇望として、観念のレベルでは一致するが〈妊娠〉という現実レベルの要素が介入するや消失してしまうのである。

2. フローベールにみる両性具有の夢

初期作品『11月』は前章で述べた二つの基本傾向が等分に表明され、加えて初めて意識的に両性具有の夢が語られた作品として重要である。まず主人公の青年は日常の倦怠の日々の中で、波乱に富んだ生活、様々な恋を夢みる。〈20歳を超せば光と香りに満ちた世界が存在する〉事を期待する（フローベールの至福の世界は恋をはじめ多くの場合、この光と香りが介入してくる）。そしてあれこれと情事を夢み、とりわけ結婚の埒外《らちがい》にある女—それ故に一層女らしい女に心惹かれる。が、女の心の内を見抜こうとしても〈女は一つの魅力ある神秘〉に留まり、女にじっと見つめられると〈その煽情《せんじょう》的眼差しの中に人間の意志を蕩《とろ》かすような何か宿命的なもの〉を感じ歓喜と同時に恐れもする。彼が遠くから眺めて恋した女達は、綱渡りの芸人（その耳輪・首飾り・腕輪・金箔の衣裳・衣擦《きぬず》れの音に恍惚となる—それは後のサラムボーの肖像（portrait《ポルトレ》）がいかに古くからの彼の夢を具現したものか示している）・女優・通りすがりの女性達だが、永遠の恋を求める彼をすぐ失望させてしまう。書物等による女性への知識は、〈自分は一人前の男だ。心身ともに整った人間だ。いつか自分の女を持ってみせるぞ〉と自負し、最初は彼に男性の意識を目覚めさす。しかし日常の単調な繰り返し、将来への具体的目的がみつからないまま、想像・夢想に耽る時、奇妙な事が起こる。

「僕は出来る事なら帝王になって絶対的権力を握り、多数の奴隷を抱え、熱狂にかられる軍隊を持ってみたかった。又女になって美しくなりたいと願った。自分に見とれて裸体となって髪を踝《くるぶし》の処まで垂らした姿を小川に写してみる事が出来ればいいと思った。」

この記述に関してJ・P・サルトルは〈鏡のテーマ〉に結びつけたフローベールの女性性の問題を取り上げ、その大著『家の馬鹿息子』のかなりのページを割いて、フローベールの性的世界を詳述している。(3) すなわち、その非現実的世界、その受動的生き方の核ともいうべき両性具有への彼の夢の源泉を分析している。

我々はまず自伝的と言われる初期作品(『狂人の手記』『11月』『初稿感情教育』)に青年フローベールが表明した両性体への夢を確認し、『サラムボー』の二元対立構造を超える新たな統一原理として、この〈両性具有〉という視点から、サラムボーとマトの恋、そのエロスの世界をみていこうと思う。

『11月』以前にも『思い出・覚書・瞑想』に見るように筋骨逞しい支配力ある男性と同時に美しい女性にもなってみたいという願望が、20歳前後のフローベールにあったことは確かである。

「筋骨逞しい男になってみたい日々も又女性になってみたい日々もある。前者の場合は筋肉が力動し、後者の場合は溜息交じりに我が身を抱きしめる。」

さらに10年後、現実の恋人ルイズ・コレに対して、〈肉体以外は自分と同一化して欲しい〉と両性体への希求を表明する。

「君は並みの女ではありません。……君を愛するのは、君が他の女性より女である事が少ないと思えたからです。……私が望むのは身体は二つに分かれたままでも唯一の精神で合一する事です。女としての君からは肉体しか欲しくありません。それ以外のものは全て私のもの、さらにいえば私自身であって欲しいのです。同じものから成り

同一化して欲しいのです。」（1853年3月27日）

「観念において生きている時は、まさにそれによって愛し合うものです。私はいつも君を崇高な両性体にしようと努めてきました（失敗したようですが）。腰の高さまでは男性であって欲しいのです。（下へ降りていくと）君は私を困惑させ錯乱させ君自身を女性としての要素で傷つけているのです……」（1854年4月12-13日）

これらの書簡はフローベールがこの恋に何を期待していたか、現実と観念、肉体と魂の拮抗がいかなるものであったかを垣間見せてくれる。だが現実の女性との恋愛においては彼の求めた観念的両性体への夢は潰《つい》えざるをえなかった。サルトルはフローベール自身にもあり又恋人にも要求したこの両性体への夢を最も遠くまで遡《さかのぼ》って分析している。鏡を前にして、眺められる自分とその自分を眺める自分に、同時に同一化するフローベールの複雑な視線、愛撫される想像の女性と愛撫する想像の男性に矛盾なく自己を二分するその非現実的世界の源泉を幼年期に求めている。すなわち彼の体を愛撫しながら同時に愛撫される体として身を差し出す母親の母性的世話があり、母親こそ彼にとって最初の両性体である。彼は快楽・幸福が我が身の放棄・持続的受動性から生じるものと考えており、女性の肉体が他者の操作によって燃え、その欲望が待機的受動性故に、女性となる事を望む。鏡の前で女性となりパートナーに男性を求める深層には、母による被所有の願望があり、母は彼が受動的に合体しようとする両性体の行動的半分を具現する。が、母は父との関係では受動的女性、凌辱されるがままの弱き存在となって本来の神聖さを失墜する。こうして彼は永久に想像の性しか持てない事になる。何故なら現実には彼はホモセクシュアルとしての自己実現を受け入れられず、その受動性をあくまでも女神＝母との和合によって充たそうと願うからである。彼が年上の母性的女性に惹かれたのは、彼女達となら彼の男性的機能は、所有を示す男性の行為としてではなく、女性からの愛撫を求める受動的行動として許されると思ったからである。『狂人の手記』では授乳する母性に両性体の男性的半身を見出し、自己の女性的半身が合体しようとするが、彼女は夫との関係において母性＝女神の神聖さを剥奪され、快楽に身を差し出し、彼が彼女によってそうなるはずであった幸福な受動性を自ら実現してしまう故に恨みをかう事になる。サルトルがフローベールの性的非現実の世界の核として捉えた両性体の源泉とは以上のようなものである。

また、フローベールは青年期に去勢願望を持っていたことをルイズ・コレに告白している。

「最後に主人公（筆者注：バルザックの小説『ルイ・ランベール』の主人公）は一種の神秘的偏執に駆られて自分が去勢されることを望みます。僕もまた19歳の時、パリで倦怠に沈み切っていた頃にこのような欲望を持ちました。どうにもならないほど烈しくこの考えに捉えられて……その頃まる二年間女とは縁を切っていたものです。……自分を苦しませたいという欲求、自分の肉体を憎み、おぞましさの余りに真向から泥を投げつけたい欲求を抱く時があるものです。」（１８５２年12月27日）

肉体嫌悪と同時に限りない快楽を夢みた彼にとって、去勢という形態は望ましいものと思われたかもしれない。精神は男のままで肉体的にはもはや男でないならば、女体のもつエロスに誘惑され、果てしない欲望の追求に自己を失う事もない。女性を前にして彼が本能的にもち続けた恐怖を解消し、同時に想像の世界で、神秘的で好奇心を刺激して止まぬ女性への貪欲な欲望を思う存分充たす事が出来るだろう。しかし後に詳述するが『サラムボー』に描かれた極めて興味深い人物、タニット信仰を媒介にサラムボーと観念的エロスの世界を共有しながらマトに奪われてしまう去勢された神官長シャハバリムの屈折した人物造形の中に、去勢者の現実における挫折をみることが出来る。これは去勢という肉体的変化では、真の両性具有の夢は実現できないという表明であろう。サルトルはフローベール自身にもあり、恋人ルイズ・コレにも要求したこの両性体への夢に、現実における彼の自己実現の不可能性をみている。恋人には精神は男で肉体は女であって欲しいと言い、自分は肉体は男で精神は女性という現実の性と空想の性、各々における両性体のカップルを夢みながら、永久に想像の性しか持てない由縁を分析している。だが、そもそも両性具有とは我々の心の内部（無意識世界）で共存する、男女二元対立を統合しより広い視野での自己を捉える新たな統一原理であろう。

ここで何より注目したいのは、フローベールの両性体への願いが、自然＝宇宙と自我との合体体験である、あの有名な青年時代の汎神論的恍惚体験を語るくだりにみられること、自然への融解願望と愛の欲望が混淆《こんこう》される時に現れることである。

3．汎神論的恍惚体験と両性具有の希求

両性体への希求は前章で見たように『11月』で明瞭に表現されているが、興味深いことに、それらが自然への融解（fusion《フュズィオン》）の歓喜と愛の欲望（désir《デズィル》）・エロスが混同される時現れてくることである。この作品は両性具有への夢と同時に自然を前にしての周知の汎神論的恍惚体験がいかに愛の欲望と結びついているかを如実にみせてくれる。この自然への融解願望はまず「……血管の中で熱い血潮が高鳴り躍動している……快い流動物のようなものが体内を上下し、うっとりするような暖かみが体中にゆきわたってたまらなくいい気分になる。」という体内衝動と結びつき、身体の変化を予兆のように感じてそれを喚起する。ついで自然への浸透と女性への浸透が溶け合った一つのもののように並置されて語られる。

「夕方、刈り取られた干し草の匂いを嗅ぎ、森のカッコウの鳴き声を聞き、流れ星を眺めたりして歩く時、君の心は天と地が静かに接吻しているあの穏やかな地平線よりももっと澄み渡り、大気と光と青空に浸されているのではないか。おお！　女の髪の何と馨《かぐわ》しい事か！　その手の膚の何と柔らかい事か！　その眼差しは何と僕達の体内

に染み透る事か！」

と自然への融解と女性への恋情が溶け合って一つのもののように並置されて語られている。広大な調和に満ちた世界での心の開放が官能の目覚めにつながり、自然と一体となった恋愛の理想的世界が提示される。

「僕は最初に創造された人間のように、長い眠りからやっと覚めて、傍らに自分によく似ていてしかも僕達二人の間に目も眩むような魅力を生じさせた幾つかの相違を備えた一つの生きものを見つけた。と同時に僕の理性に照らしてみても誇れるこの新しい姿に新たな感情を抱いた。すると太陽は一層清らかに輝き、花はかつてなかった程馥郁《ふくいく》と香り、木影は一層快く好ましいものとなった。」

おそらくフローベールはここに「エデンの園」のアダムとイヴを想起しているのだろう。が、民族の歴史的背景で〈父なる神〉になった聖書創世記の神は、古来、もともと男神＝女神であり、その姿に象って造られたアダムも両性体であったこと、今我々が読んでいる聖書のようにアダムの次にイヴが造られたのではなく、一緒に同時創造された両性体であったことを古文献から示したJ・シンガーの論文(4)や肩がついた背中合わせの姿、又は左側が男で右側が女の姿のアダムの両性性を紹介したM・エリアーデの論文(5)を思い起こさずにはいられない。ともあれ、もう少し先で繰り返される恋の欲望と自然への融解の混淆を記すくだりでは、この両性体への夢はもっと明確になる。

「……雲は柔らかく僕の上にのしかかり、まるで一人の胸がもう一人の胸を押し潰すように僕に覆いかぶさっていた。僕は快楽の欲望を感じていた。それは仙人草の匂いよりも馨しく、菜園の壁に差す日射しより燃え滾《たぎ》っていた。ああ！　どうして自分にはこの腕に抱きしめてこの熱情で窒息させてしまえるものがないのか？　それともどうして自分自身を二つに分けて、その一方の存在を愛し、この二つが一つに溶け合う事が出来ないのか……僕の情熱は氾濫した川のように八方に溢れ窪地を猛烈な勢いで流れ下って僕の心を浸した。」

そして比喩に留まらず、この後主人公は実際川岸に行ってあたりの自然を眺め心を傾け自然と一体化しようとする。このくだりは極めて性的比喩に富んだ表現になっている。

「誰か他の人から漏れる息を感じ取りでもしたように、僕の唇はわなわな前に突き出された。両の手は触れてみる事の出来る何かを探っていた。眼は眼で波のうねり、雲の形に何かの姿を、何らかの喜びを、一つの啓示を見つけ出そうとしていた。欲望が全身の毛穴から発散し心は柔らいで内なる快い調和にみたされていた。……僕はかなう事ならバラの下に咽び接吻の雨に押し潰されてみたいと思い、風に揺らぐ花にも川浪寄せる岸辺にも、日に照らされる肥沃な大地にもなってみたいと思うのだった。」

この自然との一体化の願いは明らかに、存在と自然との壮大な交接としての性的比喩が示すように、自然と世界、小宇宙と大宇宙とのエロス的合体の願いなのである。そしてこの自然との合体によるエクスタシーが、恋愛の欲望として、それも具体的愛の対象を持たない無限の欲望と結びついて生じている事は重要である。現実には実現しえない、果てしない恋の欲望を自然全体の中に投げ出して、自然への浸透、合体に身を委ねて思わず口走ったこと、主人公が、この内的欲望の高まりの中で望んだもの、それこそ、自己を二分化し一方がもう片方を愛する事で再び融合する両性具有のエロスの世界であった。

それは確かにサルトルが言うように現実における自己実現の不可能性となるものだが、そもそも両性具有とは意識世界の自己のアイデンティティを脅かす無意識の世界に属する存在の統合原理であり、フローベールの両性体への願いが宇宙への自我の拡散・融合願望の中に出現する事は意味深い。そして青年期のこの夢が、古代カルタゴを舞台にした『サラムボー』の作品世界で花開き具現化されていくと思われる。むろんこの事は『ボヴァリー夫人』にも『感情教育』にも適用されるものであろう。が、現代を舞台にした作品では多くの時代的制約を受けざるをえなかった。それに対して、『サラムボー』では当時の科学主義に則って資料的正確さで歴史世界のリアルな再現をめざすという制約はあったとしても、昔からの古代への憧れ、夢への逃避がより可能であったろう。時空的に遠い世界は作家にとっては無意識のうちに想像世界に遊ぶことを許すものであったろう。

4.『サラムボー』の世界にみる両性具有

煌《きら》びやかな装身具に包まれ、男の命令に服従し、自らの意志を持たず、清純無垢、神秘的でありながらその魅力で男達を虜《とりこ》にして、戦争・死をもたらす隠れた因となるサラムボーの造形は、作家の昔からの女性神話の最も華やかな具現であろう。

マトの恋は視線による〈一目惚れ《ひとめぼ》〉で始まり、その激しい恋情（passion《パッション》）はカルタゴ対傭兵軍戦争の一つの誘因となる。サラムボーはマトの世界の中心となり、カルタゴ攻略はサラムボー攻略と同義となる。歴史の壮大な絵巻を繰り広げさせるこの宿命の恋は、現代においては実現不可能なものであろう。近づき難く、侵し難い聖域にあり、又貪り呑み尽くすエロスの世界、青年期夢みた至上の恋愛の現実における不可能性をフローベールは『初稿感情教育』のジュールの修業過程を通して表明した。この夢を実現しようとして失敗するエンマやフレデリックの物語を通して、かつての己の夢を告発した。が、歴史的に遥かに隔たった『サラムボー』の世界では、現実における恋の幻滅性、卑小性を免れうると考えたかのようだ。

『サラムボー』で従来言われてきた事は戦争と愛というこの作品の二大テーマが象徴するように男性原理と女性原理の対立構造であった。その記述が各一章さかれているモロック神とタニット神は戦争・暴力・残虐の世界と愛・エロス・豊穣の世界を表徴し、マトはサラムボーをタニットと同一視し、サラムボーはマトをモロックとみなすように、それは二人の世界の表徴とも言える。しかし、男性原理＝モロック＝太陽＝戦争＝マト、女性原理＝タニット＝月＝愛＝サラムボーの一見表面的には単純明快に見えるこの二元対立の図式は以下に見ていくように重大な問題点があるのだ。

①

モロック神＝男神、タニット神＝（バール・アンモン神の妻）女神として各々の世界を表徴しているとしても、これらの神々の本質をフローベールは、古代創世神話の神々にみられるような男女両性具有神として描いている。タニットの姿を拝ませてくれと頼むサラムボーに神官長は「とんでもない！　そんなことをしたら命にかかわる事を知らないのですか？　男女両性を備えたバールの神々は、精神は男でありながら女のように非力なただ私らのみに御姿を現し給うのです。貴女の願いは神を辱《はずかし》める振舞、今の知識だけで満足なさい。」と答えている。モロック神についても「汝に誉あれ！　太陽よ！　天地の主よ、自ら生成する創造主よ、父にして母、父にして子、男神にして女神、女神にして男神なるものよ！」と燔祭《はんさい》の儀式の際の聖歌の中で両性神である事が示されている。

②

最初の作品プラン以来明記されている重要な要素だが、サラムボーは先に『11月』でみたような自然への融解願望と混淆される不定形な愛の渇望の中で、タニット神への神秘的愛を抱き、この神との一体化を願っている。「……私は愛撫に包まれ神様が私の身体の上にのしかかったように、押し潰されてしまいそうな気がする……」それはタニット神が具現するエロスの世界への潜在的欲望であるが、現実の男性の代わりに乙女が肉体的には処女のまま精神的和合＝婚礼を求める神、タニット神には男性性があった方がふさわしいだろう。

③

マトは初めてサラムボーに見つめられて以来その虜になるが、そのことを後に「私にはモロック神の呪いがかかっている。私はそれをあの女の眼に感じたのだ……」と述べている。サラムボーがタニット神の世界にいる以上、ここはタニット神の呪いでなければおかしい。さらにマトとの抱擁の後、彼女は「モロック様、あなたは私を焼き焦がします。」と呻く。マトをモロックと同一視したものとも取れるが、抱擁というエロスの高まりの中で呼ぶ神の名は、本来ならタニット神の方がふさわしいだろう。

④

サラムボーはタニットの聖衣《ザインフ》を盗んで自分の寝所に持参したマトに「タニット様を盗んだお前に呪いあれ！　憎悪と復讐と殺戮《さつりく》と苦痛がお前に降りかかるように……」とタニットの信仰にはふさわしくない、モロック的世界の非難・呪詛の言葉を浴びせる。この呪いは物語最後の場面で実現されるものであるが……。

⑤

マトはサラムボーの婚礼の日、タニットの生贄《いけにえ》として処刑される。P・ダンジェは、「男性の象徴（モロック）は自ら屈して豊穣（タニット）の神に場を渡す。(6)」と考えているが、ここではサラムボーも死ぬのである。マトだけでなくカルタゴの一般民衆も彼女をタニットと同一視したその日にである。マトが彼女のものであるとみなした聖衣に触れたという理由で。

これらの矛盾点、合わせてサラムボーへの愛がマトを戦争に引きずり込み究極的には二人に「死」をもたらす事になる結末をみると、タニットが具現する愛とモロックが体現する戦争が表裏一体である事が暗示される。

子供の生贄を要求する残虐な神モロックは、小説中でカルタゴの主神・太陽神バール・アンモンと同一視されているが、フェニキアの神々の中にその名が見つけられず、今日では〈トペテ〉で捧げられた生贄を表す言葉〈モルク〉から転じたもの、あるいは〈供養の場所〉と訳すべき言葉ではないかとの説が有力視されている。(7) またヒロインのサラムボー(Salammbô)という名はヴィーナスの名の一つとあるが、″m″一つのサランボー(salambô)はカルタゴの〈トペテ〉があったと思われる場所の名前であり、そこから焼いた子供の骨が一杯詰まった何千という骨壺とバール・アンモンとタニットへの献辞を記した石碑が発見されている。(8) フローベールがこれを知って考慮したとすれば、「私は多分彼女が神々に約束した燔祭の生贄にされているに違いない……」とマトがサラムボーに燔祭の恐怖を読み取ったのは極めて意味深いものとなる。

タニット神はフェニキアの女神アスタルテと同一と考えられるが、本国ではあくまでも男性主神＝エルの優位性が保たれているのに対して、カルタゴではバール・アンモンとほぼ同格になり、それ以上の人気を博するようになった事、アンモン神同様この神にも生贄が行われていた事が知られている。[9] カルタゴのこれらの神々が古代神のように両性性を備えていた事についてては史料的にはっきりしてないが、M・エリアーデは〈生命と豊穣の神々に性的充足性、力の源泉としての両性性が認められ、この両性性が自律性、全体性を表す一般公式となって優れた男神、女神にも及んでいく〉事を示唆している。[10] フローベールのプランノートにも「神々を二分化しない。それは同じ一つのものという理由がある。」というごく短い示唆がみられる。神々だけでなく『サラムボー』には他にも両性具有の〈しるし（signe《シーニュ》）〉が認められ、サラムボーとマトの恋、そのエロスの世界を支配しているのは男女の対立構造を越える両性具有の観念ではないかと思われる。

サラムボーは装身具と香りに包まれ、清純無垢、男の命令に服従する人形のような存在でありながら、男達を虜にし不和、戦争、死をもたらす限りない魅力と恐怖を秘めた神秘的存在として造形されている。彼女は肉体的には不可侵で間接的接触、五感を通してエロスをかきたてる聖母的女性と、男を誘惑し肉体的快楽を通して、そのアイデンティティを脅かすヴィーナス的女性を併せ持つ、フローベールの昔からの女性神話の具現である。またサルトルがフローベールの作品中の女性の特色として示唆したように、サラムボーは、男としての彼が欲する女性であると同時に、彼自身がそうなりたいと願う空想上の女性でもある。そして作品中の想像世界では、彼は筋骨逞しい荒々しい男性と同時に美しい女性になる事を夢みる。フローベールはマトの皮下にもサラムボーの皮下にも入り込む。彼らは共に作家の夢の人物であり、その恋の情熱《パッション》も又彼の夢みたものである。〈押し包み、吸い込み、呑み尽くしてしまいたい〉程の激しい所有欲、歓喜と憎悪、女を僕《しもべ》として君臨する支配欲と同時に、逆に奴隷になって跪《ひざまず》きたいというサド＝マゾ的愛を抱くマトの恋心も、男の雄々しい精力に圧倒され、その抱擁に忘我の境地を味わい、憎悪・殺意を持ちながらも、その思い出に眩惑され続けるサラムボーの恋心も、昔ながらのフローベールの馴染みの恋の様相で、共に作家の心の産物である。そして今や二人に同時に自己を具現化させた彼らの抱擁こそ、『11月』で願った己の体を二つに分け一方が他方を愛し融合するという、現実には不可能な恋の作品世界における実現ではないのか。フローベールが最も願った究極のエロスの夢とは、他者との合体ではなく、どんな隙間も生じえない自己の二分化―融合の全一なる世界であろう。

『サラムボー』に三度も言及された〈自分の尾を呑み込んで輪を描く蛇〉、これをシンボルとするエシュムーン神[※2]の完全なる世界とは、まさにこの象徴と言えよう。

実はこの作品では蛇そのものが両性具有の〈しるし(signe)《シーニュ》〉として読めるのである。

5. 蛇と聖衣(le zaïmph)《ザインフ》にみる両性性

『サラムボー』に大きく扱われている蛇は両性具有の象徴でもある。一般には男性性の象徴となる事が多いが、その形態、性質から男性性、女性性どちらにもなりうるものではないか。すでに『11月』ではマリーの肢体を眺める主人公にとって、その滑り・眼・身体のうねり等女性の肉体の比喩として現れる。タニット神殿の暗闇に黒い大蛇を踏んで恐怖に捉われるマトはここにサラムボーその人を感じて恐怖する。サラムボーも黒い大蛇を飼って可愛がり、その脱皮がマトの下に聖衣を取り返しに行く決意をさせ、儀式としてこの蛇を体に巻き付けて踊る。これはマトとの抱擁を先取りした、彼女の体を締め付ける男性性の象徴の蛇でもあろう。だが彼女の内部にはまた別の蛇がいる。

※2　エシュムーン神：フェニキア人の崇拝した神の中の最大なもの。カルタゴにおけるその属性は明らかではないが、神殿はピルサの丘に立ち豪壮を極めた。この神の表徴は自分の尾を噛む蛇で表され、その形からギリシャの医神アスクレピオスと混同された。

「蛇は絶えずとぐろを巻き……動かなかった。その姿をじっと見つめていると、自分の心に一つの渦巻きが、別の蛇がいるように感じ、それが次第に上へのぼってきて喉を締め付けるような気がした。」

この喉を締め付ける〈別の蛇〉とは実際の蛇を見つめる事で目覚めた、彼女の内部にいる男を虜にして締め付け恐怖させる女性性の蛇ではないだろうか。

我々はここにフェニキアの宇宙開闢《かいびゃく》神話とも関連のあるペラスゴス神話にみる〈万物の女神〉＝踊るエウリューメーの肢体に巻き付いて交接した蛇をはじめ、古代創世神話の中で〈始原母〉と共にいる多くの男根的神としての蛇を思い出す。(11)

ザインフ（タニットの聖衣）についても同じ事が言える。L・グジバはこれをサラムボーの処女性のメトニミーとして、女性原理の象徴とみているが、マトがこれを初めて見た時「夜のように青みを帯び、暁のように黄色く又同時に太陽のように真紅の……」と描写されたこの聖衣は、むしろ両性性の象徴となっている。聖衣をまとったマトが人間以上のもの〈さながら大空を身にまとった星の神〉すなわちエシュムーンと見えることも聖衣の持つ隠れた両性性を暗示している。確かにマトは愛するサラムボーの代わりにこの聖衣をフェティシズムの対象とする。しかし、聖衣はまたカルタゴの幸運、力の象徴でもあり、これを手中にしたマトは〈人間以上のもの〉になったと感じ、傭兵軍の王・主将とみなされ戦いに勝利していく。サラムボーはこの聖衣を取り返しにマトのもとへ行くのだが、その行為は聖衣に対する彼女の個人的欲望―タニット神への信仰故であると同時に、祖国の為ともなる。カルタゴは最終的にはこの聖衣奪還で戦いに勝利する。が、出発直前には彼女はこれを再び眼にする喜びの事しか念頭にない。なによりマトが聖衣を盗むという瀆神《とくしん》行為を犯した裏には、これによるサラムボー支配の願望以上に、彼女の聖衣に対する個人的願望がもたらす暗黙の示唆があったのだ。二人にとって聖衣は戦いの象徴であり愛の象徴でもあった。作品プランの当初から二人はこの聖衣に包まれて抱擁する。

ところが抱擁後マトはこの聖衣をサラムボーに返し「持っていけ、そんなものに執着していたとは！　私も一緒に連れて行ってくれ。私は軍隊も捨てる、何もかも全て捨てる！」と言う。そして聖衣奪還に来た時の彼女に見せた好戦的激昂とは打って変わって、穏やかな調子で、戦争など終わってしまったかのように〈恋の夢物語〉を語るのだ。サラムボーもこの聖衣を前に「いくら眺めていても、かねて想像していた幸福を感じないのに驚いた。そして実現した夢想を前に物悲しい気持ちで立ち竦《すく》んだ。」と聖衣への愛着を失う。

これまでその一進一退に心を通わせていた彼女の蛇についても同様である。抱擁の後では蛇の衰弱と反対に彼女は元気になっていき、その死にも無関心、冷淡でさえある。これは両性性の象徴である聖衣・蛇が、抱擁・融合という現実のエロスの中に実現、具現された為の消失とも取れるが、この象徴性から現実への移行はこれで完了するのではない。
サラムボーの蛇は死ぬが、エシュムーンの蛇はこの抱擁後も二度重要な場面で現れる。表面的には男性原理の支配するモロック神の燔祭儀式の折と、女性原理の支配するタニット神祝祭日、物語最後にである。いずれも、

「大空のように青いエシュムーンの幔幕の中には一匹の大蛇が尻尾で輪をえがいて眠っていた」
「……エシュムーン神殿の大蛇が薔薇色の油の入った瓶のあいだに横たわり自分の尻尾をくわえて大きな黒い輪をえがいていた」

とその完全なる全一の姿を衆目にさらしているのは興味深い。この蛇を我々はマトとサラムボーの両性具有的エロスの象徴とみたが、二人の完全な融合が実現するのは物語最後

である。

抱擁後一度は二人の関心を離れた聖衣もここで再び問題になる。かつて聖衣を奪って凱旋した同じ道を死に向かって進むマトは、聖衣＝タニットを悲しい気持ちで思い出すのである。そしてサラムボーも、マトのみならず今やカルタゴの全市民が彼女をタニットと同一視した日に、〈そのタニットの聖衣に触れた為に〉という理由で死ぬ。

作家の夢の男性であり、女性であるこの二人の抱擁、合体の後にくる分離の世界は、物語のなかでは苛酷な現実となり、次の再融合は死によってしかなされない。しかし、それはこの束の間の肉体的抱擁と比して、永遠の魂の融合である。

6．サラムボーとマトの死

サラムボーがまだピルラーという名前の時の最初の作品プランにすでに、マトの処刑の日、彼女が愛した本当の婚礼相手が彼である事が明記されている。彼女はマトの血の中に倒れ二人の血が融合する、まさに死の婚礼である事が。また同じプランには〈マトは屍衣《しい》のように聖衣で彼女を包んで抱擁〉と記され、二人の愛には初めから死が暗示されている。

それは聖衣＝屍衣が象徴するタニットの愛、究極のエロスの行きつく死の快楽への暗示でもあろう。サラムボーが死ぬのは聖衣が象徴するこの死＝エロスの秘密に触れた為ではないか。両性の幸福な融合、完全なエロスの実現は死と密接に結びついている事をフローベールは自覚していたと思われる。初めての出会いで宿命の糸に操られるように〈知らず知らずに〉マトに引き寄せられて〈婚礼の盃〉ともとれる酒を注いでやったサラムボーは、今また無意識に全身血だらけになって進んでくるマトの方に引き寄せられる。マトをここまで引きずってきたのも、人間の意志を越えた宿命の情熱であった。彼に見つめられて彼女は最後にそのことを知る。そしてあの抱擁の時の彼をもう一度甦らせたいと願った時にマトの命は尽きる。

　婚礼の盃を口にしようとしたサラムボーも、現実の婚礼を拒否し後を追うかのように神秘的な死をとげる。折しも太陽は海の向こうにすっかり沈み、無限の静寂が訪れる。全てが終わったこの夜の訪れこそ、マトとサラムボーの永遠の生の始まりであろう。夜の饗宴《きょうえん》、日の出に始まったこの恋愛劇は、最終章の日没、夜の訪れとともに幕を下ろす。彼らの魂は夜の始まりとともに、この闇の中に永遠に生きるだろう。小説の劇中に繰り返された〈日の出〉と〈日没〉、それによって織りなされたこの物語の多くの出来事そのものを、束の間の夢とでも化してしまうかのように。P・ダンジェは暑気・喧噪《けんそう》のモロック的世界はフローベールの束の間の夢の世界で、この夜の冷気・沈黙のタニット的世界こそ彼の真の世界であると述べているが、(12) この夜の世界、全ての〈虚無(néant《ネアン》)〉につながる死の世界、そしてまた愛と豊穣の世界、タニット神の世界をフローベールが多くの両性具有の〈しるし(signe《シーニュ》)〉で描いた事は意味深い。この宿命の恋が彼の遠く遡る両性具有と汎神論的宇宙の夢の具現であり、その持続は死の世界にしかない事の無意識的表明であったとしても。

折しも女性原理が一切を支配するタニットの祝祭日、透き通る黄や黒の衣をまとい、蛇のように身体をくねらせて、柔らかな匂いを巻きちらして踊る巫女達に交じって、とくに人々の喝采を浴びたのは、胸はたいらで腰がせまいのに同じ香料と衣裳を身につけて巫女達とそっくりの姿にみえる〈神の両性具有を表徴〉するケデシム達[※3]の華やかさであった。

※3　ケデシム：両性を具有する神の表徴。シリアに起源をもつ信仰であるが近東各地の宗教にもみられるという。男と女は原則的には一体であるもので、これが性によって分かれた為に、きわめて不完全になったという観念にもとづく。

注

(1) L. Czyba, *La femme dans les romans de Flaubert*, Presses Universitaires de Lyon, 1983.

(2) J. P. Richard, *Littérature et Sensation* "*La création de la forme chez Flaubert*", Seuil, 1954.

(3) J. P. Sartre, *L'idiot de la famille*, tome 1, Gallimard, 1971.

(4) J・シンガー、藤瀬恭子訳『男女両性具有』Ⅰ人文書院 1981年。

(5) M・エリアーデ、宮治昭訳『悪魔と両性具有』（エリアーデ著作集 第六巻）せりか書房 1973年。

(6) P. Danger, *Sensations et objets dans le roman de Flaubert*, Armand Colin, 1973.

(7) G・ヘルム、関楠生訳『フェニキア人』河出書房新社 1992年。なおトペテに関しては次の通り。
トペテ：トフェ（タニト神の聖域）―Tophet (Sanctuaire de Tanit)。
「トフェ」の名の由来：もともとは乳児を火に投じる儀式が行われていたエルサレム近くの谷の名（聖書に登場。1920年代以降、カルタゴの聖域を呼ぶのに用いられている。ローマ時代以前のカルタゴの面影を残す数少ない遺跡。ポエニ時代、墓場と火の神と言われているバール・ハモン神（Baal Hammon フェニキアの古代宗教神）と天と豊穣の女神タニト神（Tanit カルタゴの守護神）という最高神が祀られていた聖域だった場所。ギリシア、ローマ時代の文献によると当時カルタゴでは幼児を殺し神に捧げるという「生贄」の習慣があったという。敷地内には小さな墓が無造作に並ぶが、ここから炭化した幼児の骨が入った骨壺が発見されている。神像の前で都市の繁栄や戦争の勝利祈願の為に捧げられた幼児は高貴な身分の者ほどよいとされたという。生贄の話はギリシア人歴史家ディオドロスの著述に述べられ、ローマ人達も野蛮な習慣と非難していたと伝えられている。幼児死亡率が高い

古代では幼くして死亡した子供を供養の意味で火葬にし神に捧げたという説もある。（地球の歩き方『チュニジア』より）

(8) R. Dussaud, *Mana, introduction à l'histoire des religions 1°—Les Religions des hittites et des Hourrites, des Phéniciens et des Syriens*, Presses universitaires de France, 1945.

(9) B. H. Warmington, *Histoire et Civilisation de Carthage*, Payot, 1961.

(10) M・エリアーデは、生命と豊穣の神々に性的充足性、力の源泉としての両性性が認められ、この両性性が自律性、全体性を表す一般公式となって優れた男神、女神にも及んでいくことを示唆している（M・エリアーデ、岡三郎訳『神話と夢想と秘儀』国文社　１９８２年）。

(11) J・シンガー　前掲書。

(12) P. Danger 前掲書。

第三部　フローベールにおける永遠の愛
―『サラムボー』再読―

＊　＊　＊

「醜悪なもの、卑俗な環境には飽き飽きしました。《ボヴァリー》のおかげで当分ブルジョア風俗はうんざりです。多分これからの数年は壮大な主題の中に入り、背中一杯、背負っているこの現代社会からは遠くはなれて暮らす事になるでしょう。……何よりもまず自分の為に書かねばなりません。それが美を作る唯一の機会です。」
（1858年7月11日）

現代風俗から遠く離れて、〈高貴な夢〉、偉大なことを夢想させてくれる小説、そして〈何よりも自分の為に〉書く事にした小説『サラムボー』は『聖アントワーヌの誘惑』とならずんで、おそらく作家フローベールの夢を（意識的にせよ無意識的にせよ）最も多様に反映していると思われる。第二部で青年期以来の作家の両性具有の夢が、サラムボーとマトの恋に反映、具現している事を考察したが、ここでは、よりグローバルに、小説構想全体の中に、すなわち二人を取り巻く様々な人物関係、カルタゴ軍対傭兵軍の戦争という歴史的背景等作品世界全体の中に、二人の恋を捉え直し、小説最後のヒロインの神秘的死を再考する。

1．サラムボー登場

サラムボーは、傭兵達の饗宴の只中タニットの神官達を従え、ハミルカルの娘として登場する。第一次ポエニ戦争終結後、好戦派であり直接傭兵軍の指揮にあたったハミルカルへの報復措置として元老院は、この館を饗宴の場に指定したのである。ハミルカルは終始このカルタゴの政治的権力抗争の渦中の人であり、外界とは無縁に潔斎《けっさい》と祈りの日々を送っていたサラムボーも、否応《いやおう》なしにこの政治的現実の世界に組み込まれていく。

傭兵達の眼に〈ハミルカルの風貌と等しく荘厳で近づきがたいもの〉と見えたこの館に、

今主《あるじ》は不在で、傭兵の統率をジスコーに委ねたまま行方もしれない。終戦後給金を払ってもらえなかった彼らは、酔いがまわるにつれて、カルタゴの不義不正を思い起し、やり場のない憎悪が自分達を見捨てたともとれるハミルカルに向けられる。この忿怒《ふんぬ》をバネに狂ったような喧騒がまき起る。サラムボーはこの騒ぎを静める為に初めて姿を現すのである。

「あなた達は一体ここをどこだと思っているのです。征服した都なのか、それとも主君の館なのか？　しかもいかなる主君であろう？　バールの神々の従僕《しもべ》、我が父ハミルカル頭領ですぞ。……あなた達の国に、これ程戦闘をよく指揮しうるものがただの一人でもいるでしょうか？　さあ見てごらん。我が館の階段は戦利品で埋まっているではないか！　乱暴を続けるがよい！　いっそこの館を燃やしてしまうがよい！　私は我が家の精霊、彼方の白蓮の葉に眠っている私の黒い蛇を連れて行こう！　私が口笛を吹けば蛇はついてくる。そして船に乗れば、その跡を波上に乗って走ってくるでしょう。」

彼女のこの叱責の調子、毅然とした態度に我々は驚かされる。この同じ断固とした調子は聖衣を取り戻す為に出向いたテントの中でマトを責める口調にもう一度みる事ができるが、この二つの場面での彼女は、男達に翻弄《ほんろう》される無力な女性という全般的印象に反して、主体的で己を表明する強力な個性的存在となっている。しかも父の名を語りながら、傭兵達の暴挙を責める後半の言葉は単なるヒステリックな怒りと取るには暗示めき、彼女と父ハミルカルとの関係を考えさせられるのである。彼女は父の力、富を誇示し、この館が主君の館であって征服した都（それは傭兵達の夢ではあろうが決して実現されない）ではない事を認識させた後、もっと乱暴するがよい、父の戦利品に埋まるこの館を燃やしてしまうがよい、と言っているのである。後にハミルカルが帰還してこの館の宝庫を点検し、己の財産、宝の無事を確認して安堵する事を思えば、この彼女の言葉は、父の世界に対する、無意識的挑発、反抗ともとれよう。そして、館の焼失した後に、つまり彼女の今いる世界、父の世界が消失した後に、彼女は家の精霊＝蛇を連れて海の彼方に行くというのである。しかも、「ああ！　いとしのカルタゴよ！　あわれな都よ！　大海原を乗り越えて向岸へ神々の寺院を建てに行ったあの昔の強者《つわもの》達の保護に安じる事はもうできないのだ！」とその海の彼方は最早かつてのカルタゴの栄光、安住と保護の地ではないと言うのだ。さらに口笛を吹けば波間を追ってくるという蛇に注意しておこう。後に彼女は、マトとの抱擁の象徴としてこの一家の精霊と抱き合う事になる。

なおフローベールは、サント・ブーヴへの書簡（1863年12月23-24日）でこの蛇について言及し、蛇と抱き合うのはテントでのマトとの抱擁の印象を弱める為云々と述べている。この作品では蛇は第二部でみたように男性性（マトと同一化）にも女性性（サラムボーと同一化）にもなりうるものだが、何よりもそれはカルタゴの宗教において、始原とともに存在し、豊穰、永遠を表徴する。

「……蛇は国民的また個人的神で、天地創成の頃の泥土から生れたと信じられていた。……その歩みは大河の曲折を思わせ、体質は豊穰の力にみちた太古の厚いねばりある闇をしのばせ、自分の尾をかんで描く輪は大空の星の全部、エシュムーン神の理知を窺わせた。」

サラムボーがこの蛇とともにめざす海の彼方とは、現実の世界ではなく、マトとともに住む永遠の夢の島ではないだろうか。（この島については最後に言及する。）

次に彼女が語るメルカルト[※4]の冒険談、蛇の女王の復讐をする為に怪物マシサバル[※5]に挑んだ戦いの話は、単に祖先の神の英雄伝説としてだけでなくこの物語全体を象徴しているように思える。

「メルカルトは銀の小川のように尾をくねらせて枯葉の上を逃げていく牝の怪物を森の中に追いかけた。そして竜の尾をもつ女達が尻尾の先で立って大きな火を取り囲んでいる草原に出た。血の色をした月が青白い輪の中に輝いていた。女達の裂けた舌が……焔のふちまで延びていた。……彼は怪物を打ち破り切り落した首を船舶にかけた。……太陽が首をミイラと化し黄金よりも堅くしたがその眼はなお泣く事を止めず涙が絶え間なく水の上に落ちるのであった。」

ハミルカルという名は、このメルカルトの従僕の意であり、この歌はメルカルト＝ハミルカルが蛇の女王（サラムボー）の復讐の為に怪物（マト）をうち破りその首を太陽にさらえた。

※4　メルカルト：ティルスの王にして神、モロック神の別名、ギリシャ人はヘラクレスになぞらえた。

※5　マシサバル：魔法使い、メルカルト（ヘラクレス）により立木に釘付けされて首をはねられた。

らすが、怪物の涙は海に流れ止まらない、という解釈もできる。又この神はフローベールがモロック[※6]と同一視している神であり、マトがサラムボーをしのんでこの歌の冒頭を繰り返しているように、メルカルト＝マトが牝の怪物（サラムボー）を追いかけ……云々ともとれる。どちらにしても、この歌はサラムボーをめぐる男達の戦いの世界を描くこの小説の軌跡を予告しているようにもみえる。

傭兵達は意味の解らぬこの歌に聞きほれ、次に彼女が語りかける傭兵達各々の故国の言葉に心和む。彼らを静めたのは不在の父の威光ではなく彼女の歌、心遣い、その美貌であった。「……しばらく瞼を閉じて全ての男達の興奮を心地よげに味わっていた。」と彼女は彼らに与える自分の魅力、その効果を十分に感じている。

こうして、これまで人前に姿を見せる事なく信心に日を送る神秘的存在サラムボーは、ハミルカルの娘として、一人の女として、全ての男達から見つめられ、その欲望の対象となる。カルタゴ最高貴族の娘、かつ信仰に精進する、近づきがたい所有不可能な存在故に、この欲望は一層かきたてられる。中でもヌミディア王ナルハヴァスとマトの視線が際立つ。そしてサラムボーが〈知らず知らず〉マトの方に歩み寄って〈婚礼の盃〉ともいう酒を注いでやると、彼目がけてナルハヴァスは剣を投げつける。マトもテーブルを投げ返して後を追う。〈知らず知らず〉というこの行為は、プランによれば、「サラムボーを食い入るように見つめるマトとナラヴァスの比較。[※7]マトに対するサラムボーの若干の礼儀はナラヴァスの嫉妬をかきたてる為」とある。テクストではそのサラムボーの心理は示されないが、全傭兵の欲望の対象をめぐる二人の男のライバル関係は明白である。全ての男から欲望され近づきがたい女を所有したい男達の支配欲・権力欲をめぐってサラムボーは男の力の世界に引き込まれていくだろう。

※6　モロック：その属性は、メルカルト神、カーモン神、アンモン神―火、太陽、嵐、雷等のフェニキアの様々なバール神と混同され同一化されている。『サラムボー』の世界で、月＝愛＝豊穣を示すタニット神（フェニキアのアスタルテ神、ギリシャのアプロディテと同一化）とならんで重要な役割を果たす。なお作品中マトをモロックとみなす記述は多い。さらにハミルカルにもモロックと同一視するような記述がみられる。（「……彼は太陽と、つまり神と一つに溶けともに大空をかけまわろうとするようであった。」「ハミルカルはモロックの神官と同じ赤いマントをまとい……」）

※7　ナラヴァス：ナルハヴァスの名は、プランでは当初ナラヴァスと表記。『サラムボー』執筆の際、その仏訳を基本にしたとされるポリュビオス（ギリシャの歴史家。紀元前２０５～１２３年）の歴史書『総史』でもナラヴァス（「火の息」の意）、マトはマトスと記されている。

2. サラムボーをめぐる人物関係

①サラムボー―マトー―スペンディウス

視線による欲望、ライバルの存在、対象への到達不可能な距離、加えて宗教的宿命の認識によって、狂的なまでに高められたマトの恋は、やがてサラムボー攻略がカルタゴ攻略と同義になり、この物語の愛と戦争という二つのテーマがより合わされていく。

「カルタゴの全ての財宝・領土・艦隊・島々もおまえの唇の新鮮さ、肩の線の美しさに比べたら露程も欲しいと思わない。私は唯おまえのところへ達する為に、おまえを我がものにする為にカルタゴの城壁をぶち壊そうとしているのだ。その日のくるまで復讐戦だ。……戦闘の最中、どんなに私がおまえの事を思っているか、分かってもらえたら！　……火矢の炎や金箔の盾の中におまえの眼がみえる！　シンバルのなり響く中おまえの声が聞こえる。だが振り返ってもおまえは居ない！　そこで私は戦闘に突っこんでいくのだ。」

この過程に我々は一人のギリシャ人通訳スペンディウスを見出す。彼は物語の推進役にふさわしく主要人物に先立って登場し、まず傭兵達にカルタゴの富と力の象徴〈神聖軍団の盃〉への欲望をかきたてる。次いで、サラムボーの注ぐ酒が婚礼の盃の意味を持つ事を教えてナルハヴァスの嫉妬を煽《あお》る。さらに最後には傭兵軍の力を認識させハミルカルの館の富、ひいてはカルタゴ全体の富への欲望をマトに鼓舞する。後には、通訳としての言語能力を悪用して（正確に訳さず、あえて誤訳して）カルタゴとの交渉を、己の個人的利害、富・力への野心から、決裂させ戦争の火蓋を切らせる。タニットの聖衣を盗むという瀆神行為をマトに教唆し手助けるのも彼である。スペンディウスは己の現実的欲望（富・力）とマトのサラムボーへの恋情（passion《パッション》）を共合させながらその野心を実現しようとする。この情熱をある時は利用し、又ある時は無視しながら、絶えずマトを戦闘へと鼓舞する。しかし彼はマトのサラムボーへの執着、恋を〈ハミルカルの娘〉だからという現実的理由でしか考えられず、マトの心を捉えて離さぬ、魂そのものとなるような恋情とは終始無縁である。彼らの求める世界は本質的に全く異なる。

サラムボー、その人が全世界であるような恋に生き、その他の事はどうでもよい。目に入らない、本質的には夢みる人であるマトが、カルタゴとの戦争を推進し、物語の中で劇的に生きていく為には、現実をそれなりに的確に把握し、世俗的欲望、野心につき動かされているスペンディウスのような人物が必要であろう。が、彼らの生きる二つの世界は物語推進の要請で接点をもつとしても、マトのサラムボーへの恋において本質的には真の対立も和解もない平行線であろう。

それに対してマトとナルハヴァスのライバル関係は、この三角関係の陰にもう一つのマトとサラムボーの父ハミルカルが作る一種のエディプス的三角形が巧みに隠されていると思われる為重要である。

②サラムボー―マト―ナルハヴァス（ハミルカル）

ナルハヴァスの背後には常にハミルカルが見え隠れしている。彼の世界はハミルカルの世界の延長線上にある。そもそも彼は〈盟約を結ぶ下地にしていた王達の習慣に従って〉ハミルカルの館に送り込まれていた。聖衣を奪ってきたマトと盟約を結び戦況に応じて味方したりしていたが、ハミルカルが傭兵討伐の指揮に立ったのを知るや、その最終勝利を確信し、又マトへのライバル意識、恋の恨みも手伝ってハミルカルに寝返る。一方マトの方は、かつてシチリア戦役で傭兵軍を指揮したいわば父性的存在であるハミルカルを、「サラムボーに対して抱いていた怨恨の情は一挙にハミルカルに向けられた。今や彼の憎悪は、決定的な餌食を見出した。」と、ここではっきり敵と意識、ハミルカルの首を槍に刺してふり回し、サラムボーを抱きしめる事を想像するが、この空想は実現不可能と思い苦しむ。

功利的判断のうちにナルハヴァス、ハミルカルの盟約が結ばれ、折しもそこにサラムボーが聖衣を持ち帰る。ハミルカルは、彼女の足の鎖（処女のしるし）が切れているのをみると、この盟約をより堅固にする為ナルハヴァスに娘を与える事にし、すぐに婚約の儀式を執り行う。こうしてマトとの抱擁が結果的には彼女をナルハヴァス、父の世界に結びつける事になる。しかし彼はマト、傭兵軍を打ち倒さなければこの結婚を実現できない。ここにも「彼は戦争が終るまでこの褒賞を延期する事によりその忠誠を持続させようと考えた。」と、ハミルカルの操作がある。

マトも勿論このナルハヴァス＝ハミルカルのカルタゴ軍に勝利しなければ、再びサラムボーに会う事はできない。

こうしてマトの前にハミルカルの存在が大きくクローズアップされてくる。サラムボーはハミルカルの妻ではなく娘だが、その関係は主従、所有―被所有の関係となっている。その名もハミルカル・バルカと名づけられた7章は、この父と娘の関係を如実に示している。

元老院からの傭兵討伐指揮の懇請を拒否したハミルカルは、娘とマトの関係を露骨にあてこすられる。娘の潔白を誓いながらも館に帰った父と出迎えた娘の短いやりとりは、言葉(言表活動)のもつ多義性による決定的誤解を打ちたてる。聖衣にまつわる冒瀆の事を考えるサラムボーと、マトとの仲を疑う父との間で、会話は一見矛盾なくつながり、コミュニケートが成立しているかにみえて、その実、正確な内容は伝わらない。それどころか誤解を深めていく。これは言語固有の問題でもあるが、その背景に父と娘の人間関係のまずさがかかわっている。サラムボーを口ごもらせ弁解する勇気を奪っているのは、父への恐怖の念である。「諸軍団を震え上らせ、その人柄も彼女にはほとんど知られていないこの男は、神のように恐ろしく思えた。彼は推量したのだ。何もかも知っているのだ。」一方で胸中の心配を打ち明け慰められたいとも思う。しかし、父の方は娘の口を通して言葉でこれ以上事態をはっきりさせたくない、事実であるとしても認めたくないという感情から、言葉を介さずに娘が胸中に秘めている事を見抜こうと凝視する。そしてその重苦しい視線に射すくめられる娘をみて彼女の誤ちを確信してしまうのである。

彼はもはや傭兵の話は一切耳にしたくないと思うのだが、館の有様を検証するにつれ、その暴挙の跡をみて、怒り心頭に発し、最後には傭兵軍討伐の指揮に立つ決意をする。

この娘によって引き起こされた彼の怒りを和らげるのは、秘かに匿われて成長する息子である。「息子への思いが、まるで神の手に触れたかのように突然彼の怒りを静めた。彼が心に垣間みたのは、自分の力の延長、肉体の無限の継続であった。」

カルタゴ帰還後、彼がまず最初に会って話をしたのがこの息子を育てている老人であり息子への示唆がこの章の冒頭と最後に置かれているのは意味深い。後にモロックの生贄に捧げねばならなくなり、奴隷の子を身代りとしてこの息子を安全な場所に隠しおおせた時には、〈亡くした初子を再び見出した母親のように〉、この息子を抱きしめるのである。この子が後にあの有名なアルプス越えをしてローマを畏怖させた名高き戦将ハンニバルとして活躍するのだが、この物語の中ではまだ重要な人物ではない。あえてここに登場するのは、父—息子の親子関係と娘サラムボーのそれとの対照を際立たせる為であろう。フローベールはこの父と娘の関係のまずさをその誕生にまで遡って語っている。「彼女は数人の男の子を亡くした後で思いがけなく生まれてきた。それに太陽崇拝の国では女子の出生は災難のようにみなされていた。神々は後に一人の息子を恵んでくれたが、彼はサラムボーの誕生によって裏切られた希望の名残り、彼女に投げかけた呪咀の余波のようなものを未だに胸に留めていた。」後にハミルカルは、サラムボーにこの弟を預け世話を頼む。彼女は母のように、この父のお気に入りの息子の面倒をみる。

ここでJ・P・サルトルが分析したフローベール一家の状況が思い浮かぶ。自分の肉体の延長を娘にみようとし、女子の誕生を望んだフローベールの母と、失望をもって迎えられた彼の誕生、前後して3人の息子を幼児で亡くした後、注意深く育てられはするが、母の真の愛情は妹カロリーヌに注がれる。フローベールもサラムボーのようにこの妹を可愛がり疎遠の兄と違って終生良い関係を保つ。母―息子が父―娘に、兄―妹が姉―弟にと物語では性が逆転しているが、その類似性に驚かされるのである。

又、この強力な威圧的ハミルカルの父性に、フローベールと父の関係を重ね合わせる事も可能であろう。ちなみにこの父と行動を共にするナルハヴァスは父同様医者になる彼の兄アシルをしのばせる。サラムボーはナルハヴァスを通してマトの力の再現をみようとするが、その容姿や体つきから彼を姉のように意識するのだ。


「絵に描かれた女は一人の女に似る、それだけです。その時から観念（idée《イデ》）は形作られ完璧なものとなってしまいます。そして全ゆる文章が無駄になってしまいます。一方文章によって描かれた女は、無数の女を夢みさせます。従ってこの美学的見地から

私は断固全ゆる挿絵を拒否するのです。」（1862年6月12日）

フローベールが、全ての読者の夢の女性として、挿絵によるイメージの固定化を拒んだこのオリエントの神秘的女性サラムボーの造形は、その家族状況、言語との関係において奇妙にも作家その人を思わせる。

いずれにしてもハミルカルは娘を自分なりの意志や感情をもった一人の人間としては認めておらず、最初の意図通りに政略の道具として使い、まるでモノ（objet《オブジェ》）のようにナルハヴァスに与えるのである。これに対してサラムボーは、現実にはどんな抗《あらが》う手段も持っていない。いや抗おうという意志さえもない。しかし、父が決めた婚約を受け入れながら、ナルハヴァスがどうして自分の主人となりうるのか、理解できず、彼のうちに憎いと思いながらマトの面影を求める。マトの思い出に悩まされ、そこから解放されるには殺さなければならないと、その死を託して彼に婚礼の冠を贈って励ますが、〈ナルハヴァスに対しては、少しも愛情を感じていなかった〉と、その心中が語られる。彼女はマトの死を前にして最後その愛に目覚め、父の決めたこの婚姻を死をもって拒否する。意識的なものではなく、〈タニットの聖衣に触れた為〉であるが。サラムボーが、現実のこの強力な父性を脱して己の世界に永遠に生きる為には〈死〉しかなかったという事は、彼女に託された作家フローベールの父性乗り越えの問題が、いかなる現実的方法も持ちえなかった事を暗示しているようにも思える。

③サラムボー―マトー―シャハバリム

彼女にとってもう一人の父性、〈タニットに仕える去勢された神官長で、彼女を育ててくれた人〉シャハバリムについてみておこう。彼は信仰の師、精神的父であり、サラムボーと、タニット信仰を媒介とした一種の観念的エロスを共有している。彼は当代一の博学者であるが、その知識は彼を幸福にはしない。神に仕える日々の単調な繰り返しの中で、男性性を喪失している故に許されるサラムボーとの交際だけが彼の慰めとなる。「彼の状態は二人の間に性を等しくするものの平等とも言うべきものを打ちたてていた。彼はこのうら若い女を所有できない事よりも、彼女が非常に美しく又特に極めて浄らかなのが恨めしかった。」ここでは彼の男性としての欲望より、同性に嫉妬を抱く女性性が強調されている。彼らの関係はタニット信仰を媒体に奇妙な複雑さをみせる。最初はサラムボーの病的なタニット崇拝熱を前に、その心を静め知識を与える彼は一種の優越性を保っている。「彼女が彼自身さえ完全に抱擁できない神の為に苦しんでいるのを見て歓喜に似たものを感じた。」と。ともかくマトとの抱擁までは、彼がタニットと彼女をつなぐ唯一の絆であり互いに必要不可欠な存在であった。しかし処女と去勢者というともに中性的存在は永久に一体化できない。タニットは観念の愛ではなく男女のエロスを具現する神である。彼女のこの信仰が高まるに従って彼は取りのこされ見捨てられるだろう。

それにサラムボーがタニットへの神秘的愛を募らせていくのに対して、彼は月より太陽を上位と考え、地上の現象に殺戮を事とする男性原理の優位性を認め、男としての自分を奪ったのはこの神のせいだと恨むようになる。が何とか自分の神のうちに留まろうと、サラムボーをいわば生贄としてマトの処へやり聖衣を取り戻させようとする。それは祖国と自分の信仰を同時に救う事であり、その為には一人の女の生命など惜しくないと思う。彼は彼女に、〈共和国と父〉を救う為に聖衣を取り返して来なければならないと強調する。タニットの命令として、彼女がその身を犠牲にしなければならないと悟す。それはマトに身を委ねる事を意味し、彼はこの処女に初夜の心得を示唆してマトの下に送るのである。マトとの抱擁は、いわばこのもう一方の父性によって演出され、彼女は操り人形のように彼の命令に従って行動する。しかし彼女が出発の決意をする真のきっかけは、祖国や父への思い、彼の命令ではなく、あの蛇の脱皮（これは再生を意味する、古代宗教ではこの脱皮によって蛇は永遠に生きるものと思われた）なのである。

さて、マトとの抱擁には実の父ハミルカルも介在している。一部始終を外で聞いていた捕虜のジスコー（かつてのカルタゴの老将軍）はハミルカルがわずか30ｍしかはなれていない背面の山に陣をはっており、いわば父の面前で蛮人の腕に身を任せた獣にも劣る存在とサラムボーを非難する。彼の激しい呪咀の調子は、直接彼女を非難しえない父の代弁の役を果たすと同時に、カルタゴの永遠性への絶望を示唆している点で、重要である。

「……私は一日たりともカルタゴに絶望した事はなかった！　……しかし今では全てが終りだ！　何もかも失われてしまった！　神々がカルタゴを憎んでいる！　恥知らずな振舞でカルタゴの滅亡をはやめたおまえに呪いあれ！」

彼女の行為が祖国を救うどころか、滅亡を促すという彼の指摘は、二人の恋が本質的にカルタゴの世界とは相容れないものである事を暗示している。

抱擁の後、サラムボーをめぐる二つの父性には変化がみられる。かつてマトとの関係を邪推したハミルカルは、奇妙なことに今度は、何が起ったのか全く見当もつかず、サラムボーも、どんな風にどんな言葉で言い表したらよいか、分からない。言語関係のまずさはここでも変わりないが、穏やかな優しい眼差しで彼女をながめるようになる。

それに反して、シャハバリムは、サラムボーが聖衣を持ち帰り、この神秘的愛・宗教への偏執の病を癒したのをみると、マトとの関係を確信し激しい嫉妬の念を抱く。

己の信仰を救う為にこの乙女を犠牲にして取り戻した聖衣の効験もすぐには現れず、彼の思惑は期待はずれに終る。その上「彼女はシャハバリムがそばに居てくれるという慰めがなくては生きていく事ができなかった。しかし内心では相手の圧制に抗していた。彼女は彼に対して恐怖と同時に嫉妬、憎悪を覚え、一方彼のそばに居ると感じる奇妙な快感故に一種の愛情さえ抱いていた。」というサラムボーは、〈最早彼に対して少しも恐怖を感じず〉、ついにその圧制を脱してしまう。彼も戦争の激化等現実の事象にその信仰を揺がせ、タニット神を去ってモロック神に宗旨変えしてしまう。それは自分の不能さを自覚した男の嫉妬であり男性性への復帰であった。彼は最後にマトの心臓を取り出しこれを太陽に捧げる。この人物造形にはフローベールの願った両性具有の現実的限界が読みとれる。彼は去勢された男としてエロスの誘惑なしに女性と自由に交際しその美しさ清らかさに同化しようとするが、現実の美しい女性を前にしては到底叶わず、又肉体的接触をはたした存在を前に、嫉妬をかきたてられてこの女性を所有しようとしても不可能である。こうしてかつてフローベールの夢みた去勢者は、現実のどんな性にも属さず両性神に仕える事によっても性的世界における自己実現の不可能性を告発されているかのようだ。

ところでサラムボーは、シャハバリムに聖衣を奪い返しに行くように言われ、死を直感する。彼はもっと明瞭にその死を予告する。〈死なねばならないとしても、もっと後の事でしょう〉と。何故聖衣に触れたその時ではないのか。この彼の予告がマトとの抱擁を示唆する時になされる事に注意しよう。すでに彼は、この聖衣をまとうタニット像を拝ませてくれと頼む彼女に、「とんでもない事！　そんな事をしたら死んでしまうのを御存じないのですか！　男女両性具有のバールの神々は、精神は男でも女のように非力な私らにのみ御姿を現したもうのです。……」と答えている。この聖衣に包まれてマトを抱擁するサラムボーがそこで死なないのは、そこに実現された世界が、二人が作る両性具有的愛の世界だからではないか。それは〈物悲しい夢〉のような世界である。そして現実に彼女が一人の女性として一人の男性（父の世界に属するナルハヴァス）と婚姻しようとする時に彼女は死ぬのである。この時、彼女は、自分に愛の世界を教示しながら、マトとの抱擁後、現実の世界に心奪われたシャハバリムの精神的父性の圧制からも完全に脱するのである。

3．サラムボーとマトの永遠の愛

サラムボーがマトのみならず人々に、〈タニット神と見紛うばかり、さながらカルタゴの精霊、その魂の権化〉かと思われた婚礼の日、そのタニットの聖衣に触れたという理由で死ぬのは何故か。宗教上の掟に圧倒されたのか、あるいは、マト＝モロックに圧倒されその死に引きずられたのか。最後に『サラムボー』の世界におけるこの死の意味について考えてみたい。

フローベールは、まず最初のプランで、ヒロインの聖衣への欲望、聖衣に包まれた神秘的でヒステリックな状態を示唆している。そして、この神秘的巫女の性格を失い祖国の為に聖衣を取り戻す愛国的ヒロインとなった次のプランで、すでに、「彼女は聖衣に触れた為に死ぬだろう。しかし祖国は彼女のおかげで助かる。」と記される。このプランはまた父の決めた婚礼が、実はマトとの〈死の婚礼〉である事を明記している。さらに次のプランでは、「人々は彼女を祝福する。彼女の腰に左手を廻してナルハヴァスは勝ち誇り……盃を高くかかげる。皆彼にならう。そして〈カルタゴの精霊〉に乾杯する。彼女も自分の盃をとりあげる。しかし彼女は倒れ、アスタルテの聖衣に触れた為に死ぬ。」と、決定稿にそっくり生かされる枠組を記述している。又「こうしてハミルカルの娘サラムボーは死んだ。タニットの聖衣にふれた為に。」という最後の文章は、その後のプランに何度も言及され、決定稿でもサラムボーという一語が削られるだけでそのまま繰り返されている。フローベールは極めて早い時期にヒロインの死を決定し、その内容も錬成過程で変化させていない。

サラムボーの聖衣への欲望（それを見、手にとる事が、神徳の一部を奪いその神を支配する事になる）は、タニット信仰における彼女の状況に由来するものだろう。父ハミルカルは彼女がこの信仰に深入りする事を望んでいない。

「父は彼女を巫女達の学校に入れる事も、民衆的なタニットについて教える事も望まなかった。彼は自分の政策に役立てる縁組の為に彼女をとっておいた。それで彼女はこの館で独り淋しく暮らしていた。というのも母は久しい以前に死んでしまっていたからである。」

シャハバリムはこの父の意図、命令故に彼女にタニットの全貌を明かす事ができず、「ラベット[※8]＝タニットは人間の愛を吹き込み、これを統治する。」と暗示するに留まる。神秘は深まり一層彼女を苛立たせ悩ませる。何かこの信仰の一番肝心な事が隠されたままである。サラムボーがその信仰によってのみ生きている、タニット神の世界は、父によって禁じられた、父の世界とは相容れないものであった。プランはこの事をもっと明瞭に記している。「彼女は巫女になりたかった。しかしハミルカルは彼女を結婚させ有利な盟約を結ぶ為に、彼女が処女で自由でいる事の方を望んだ。」古代中近東に広く流布した習慣、アスタルテ信仰の性的儀式（一種の神殿売春による神との一体化）を考え合わせると、サラムボーの処女性とこの信仰が相容れない事が分かる。

いずれにしても、この父の意図に反して彼女はタニット信仰にのめり込み、彼女に聖衣をもたらしたマトによって、その愛の教義を具体的に知る事になる。しかしマトとの抱擁

※8　ラベット：奥方の意、タニット神の尊称、ラベットナとも言う。この「ナ」は「我々」の意。つまり『わが奥方』＝「ノートル・ダム」の観念である。フランス語で「ノートル」は「我々の」、ダムは「御婦人・奥方」、「ノートル・ダム＝我々の貴婦人」は聖母マリアを指す。フランス各地にある「ノートルダム教会」は聖母マリアを主神とする教会。

は一つの具現化であって、彼女の求めるタニットの世界とは、長年その信仰を貫いている、天体＝自然の姿のうちにあり、この宇宙＝自然と自我との合体による永遠の愛の世界ではないのか。処女を守る故にタニットの奥義を知る事なく様々な妄念に苦しむサラムボーに、乳母ターナックは、父の心に従って元老院の子息の一人と結ばれれば、その悩みも解消するだろうと慰めるが、彼女はこれに答えて、自然への融解願望による神との一体化への願いを表明するのである。

「……私の身体の奥底から火山の蒸気よりも重苦しくたぎる熱い息吹きが吹き出してくるような気がする。声が私を呼んでいる。火の玉が胸中を走り喉元につき上げ、息をつまらせ、今にも死にそうな気持ちになる。それからえもいえず心地よいものが体を走り肌に染み透っていく。……私は愛撫に包まれ、神様が私の身体の上に覆い被さって押しつぶされそうな気がする。……ああ！　私は夜のもやの中、泉の波の中、樹液の中に迷い込んでしまいたい。自分の身体から抜け出し一筋の風や光になって、ああ母よ！　あなたのおそばまで昇っていきたい。」

マトとの抱擁は、〈身も心もとろけてしまいそうな〉〈雲に包まれ宙を浮いていくような〉気持ちのうちに、この忘我の境地に身を委ねるよう神に強制されるなかなされるのである。

「マトの接吻が焔よりすさまじく全身をはった。突風に巻きあげられ、太陽の熱火に捕われるように感じた。」

それはサラムボーの体内、奥深くから吹き出してくる〈火山の蒸気よりも重苦しくたぎる熱い息吹き〉、〈胸の中を走り喉元につきあげる火の玉〉に呼応する。知識を欠いた為にマトとのこの抱擁が、彼女の願った神との一体化に通ずる一つの具現化である事を認識できないまま、彼女はこの思い出に幻惑され、そこから解放される為に彼の死を願い続ける。この願いが実現する最後の瞬間に、もはや人間の外観をとどめぬマトの彼女をみつめる眼の中に、彼女は愛を知る。テントでの愛を語った優しいマトを思い出し、その再現を願った時に彼は息絶え、彼女も又後を追うように死ぬ。

サラムボーはマトという具体的人間の肉による愛と死を得てはじめてタニット信仰の精髄に触れえたのである。タニットに秘められたエロスは、人間の肉体、その性と死を通して、自然、神との一体化、魂の永遠の融合を実現する。このエロスと死は、対立する二元性ではなく、始源の何ものも分化、対立する以前の両性具有的世界で統合された魂の永遠の状態なのである。おそらくタニット神は、多くの豊穣の神、大地母神のように、愛と同時に死をも司り、かつてはそれ自身で性的に充足する両性神の属性をもっていたのだろう。

「理性を失う事なしに神秘主義の頂きに登るには、頑強な気質を持たねばなりません。……女性は全てアドニスを恋するものではないでしょうか。彼女達が求めるのは永遠の夫です。……彼女達は恋を、大恋愛を夢みます。彼女達をいやす（少なくとも一時的に）ために必要なのは観念ではなく一つの事実、一人の男、一人の子供、一人の恋人です。……最も激しい物質的要求が理想の高揚によって知らずに形成されるというのは確かだと思います。最も汚らわしい並はずれた肉欲が、実現不可能性への純粋な欲望、至高の喜びへの天上的渇望から生ずるのと同じように、魂と肉体という二つの言葉が何を意味するのか、どこで一方が終り、どこで他方が始まるのか分かりません。我々はただその支配力を感ずるのみです。」（1859年2月11日）

『サラムボー』執筆中のこの書簡は、フローベールがこの作品にどんな高貴な夢を託していたかを考えさせるものである。サラムボーはマトを得て一時的に癒されるだろうが、プランにも明記されているように、彼女が真に求めているものは、具体的恋人ではなく愛(amour)《アムール》そのものなのである。永遠の夫—アドニスを求めるサラムボーの愛＝エロスの神秘的世界は、サラムボーとマトの恋、その肉体と魂の狂的力によって作品世界に具現されうるだろう。作家フローベールは理性を失う事なしに、一つの歴史的枠組の中にこの二人の恋を描きながら、そこに実現不可能な至高の愛への夢、何一つ欠ける事なく、脅かされる事もない絶対的王国の完全所有への深い夢を託したと思われる。

しかし、またサラムボーが〈カルタゴの精霊〉とみなされた日に死ぬのは、その愛・エロスの世界でのレベルのみならず、彼女がそこに組み込まれていた歴史的現実の世界においても意味を持つだろう。祖国、カルタゴは確かに彼女が身を挺してその生命と引きかえに持ち返った聖衣によって救われる。しかしこのカルタゴの精霊の死そのものが、遠からずくるこの古代都市の滅亡を予言しないだろうか。ハミルカルは傭兵との戦争の最後の作戦をたてながら「もしこの一戦に破れれば共和国は滅亡し、自分は十字架の上で死ぬだろう。反対に勝利をしめたあかつきには……バルカ一族の勢力は永遠のものとなるであろう。」と考える。事実このアフリカ戦争勝利後、バルカ家の勢力は他の有力貴族を凌ぐ半ば独裁的なものとなりイベリア攻略、第二次ポエニ戦役へと突入していく。が、カルタゴの政治体制、内部対立は挙国一致で事に当るのを妨げ、ついに第三次ポエニ戦役でローマに滅ぼされる。（皮肉な事にこの戦争のきっかけは、ナルハヴァスの国ヌミディアの蜂起であった。）ハミルカルが永遠とみた一族の繁栄もつかの間のもの、スペンディウスをはじめ傭兵達が夢みた富と文明の都市カルタゴも、ついには廃墟と化して虚無の中に沈む。カルタゴを征服したローマも又しかり、カルタゴに敗北して屍《しかばね》と化した傭兵軍と皆同じなのである。この物語の歴史的事実、カルタゴ対傭兵軍の戦争は、それ自体愚劣だったのである。人間の卑小な欲望の渦巻く戦いの後に残るのは、対立し相争ったもの全てを呑み込むこの虚無なのだから。

１８５８年、カルタゴ遺跡（現チュニジア）の上に立ったフローベールが見た、二千年前と変わらぬアフリカの風土、色彩、光は、幾多の血なまぐさい戦争、輝かしい文明の繁栄と崩壊の歴史を、巨大な虚無を感じさせなかっただろうか。この廃墟の中から甦った一つの古代世界は、近代の実証的精神に則って細部に至るまで現実《レアリテ》（réalité）の世界として再構築されながら、一つの巨大な夢・幻と化す。そしてこの現実《レアリテ》の中に死んだ夢のようなマトとサラムボーのエロスの世界だけが永遠を獲得して、作家の、読者の夢の中に生き続けるかのようだ。

ハミルカルの娘としてこの物語に登場したサラムボーは、ハミルカルの娘として死ぬ。しかしフローベールの夢の女性、サラムボーは、彼女の上に重くのしかかる現実の強大な権力・秩序＝二つの父性を脱して永遠に生きる。モロックの神官長に変貌してマトの心臓を太陽にさらすシャハバリムと、傭兵軍のテントに火をかけてマトの下から娘を再び己の世界に連れ戻すハミルカル、この二人の父のモロック的世界から死をもって脱し、マトと融合する。

マトも彼女を追い求めている時は、モロック的世界にいるが、サラムボーと合体する事で、その血なまぐさい現実から離れる事ができる。彼はテントでの抱擁の後、もう戦争など終わってしまったかのように、二人で住む愛のパラダイス、夢の島について彼女に語る。

「海路20日ばかり、ガデースの彼方に、金粉と緑の木々に包まれ鳥達のいる島がある。山々の上には、よい香りをくゆらす大きな花々が、永遠の香炉のように揺れている。糸杉よりも背の高いレモンの林の中には、乳色をした蛇達がダイヤモンドのような歯で芝生の上に木の実を落とす。空気は柔らかく死から守ってくれる。おお！　みているがよい、私はその島を探し出そう！　私らは丘のふもとに水晶の洞穴を切り開いてその中で暮らそう。誰もまだ住んでいない。だからその国の王になるだろう。」

このパラダイスは決してこの世には存在しない。最初のプランでは、マトは聖衣によって彼女をカルタゴの女王にしようと望む。しかしカルタゴは永遠ではない。二人が望む世界は、絶対的愛の、いかなる分離もない始原的融合の世界である。サラムボーは1章でみたように父の世界を否定して、この海の彼方、夢の島めざして、今船出する。乳色の蛇（タニット的世界：乳のように光を注ぎ世界を養う）の落とす木の実に養われ、水晶の洞穴を切り開いて、この夢の島、永遠のパラダイスの住人となる為に。

折しも二人の〈死の婚礼〉の日、自分の尾を呑んで輪を描く蛇、エシュムーンの輪の中央には、水晶の卵が陽光を受けて光り輝いていた。

＊　＊　＊

Ｌ・グジバはフローベールの小説に描かれた恋を特徴づけるものの一つとして、父性的夫をライバルとしその全権に阻《はば》まれる青年の恋に注目した。この図式の最も早い作品は『汝何を望まんとも』（１８３７年）であろう。さらに『狂人の手記』、『初稿感情教育』から『感情教育』まで、一組の夫婦と青年が作る三角関係、年上の父性的夫による成就不可能な恋という図式には、現実のフローベールの恋、１８３６年トルヴィール海岸で出会った13歳年上のエリザ・シュレザンジェへのはじめての情熱（passion《パッション》）、そして、彼女の傍らに嫉妬、羨望の相手でありながら、憎みきれない保護者的父性を持った夫モーリス・シュレザンジェの存在と、その交遊の影響が反映している。

サラムボーとマトの恋に見え隠れするハミルカルは、フローベールの現実の父とともに、愛する対象の所有を阻むこの父性的夫の面影を思わせる。フローベールも作品中の主人公達も、現実にはこの父性、夫に抗して愛する人を得る事はできなかった。『サラムボー』においてもマトはサラムボーを得る事ができない。しかし、この作品は彼女がマトの後を追って死ぬ事で独自のものである。現実には死による敗北であるが、それを死による永遠の融合として、マトとサラムボーの恋を秘かに両性具有的に描いた事でフローベールは現実における絶対的権力・所有権をもつ父性に抗したと思われるからである。

第四部　3人のボヴァリー夫人とシャルル・ボヴァリーの物語
―『ボヴァリー夫人』を読む―

＊　＊　＊

1857年4月、5年近い歳月をかけて完成、出版された『ボヴァリー夫人』は、その科学的観察精神、生理分析が高く評価され、裁判沙汰のスキャンダルと相まって大成功を収め、フローベールの名を一躍有名にした。その現代性が彼をレアリスムの巨匠、ヌーボーロマンの祖に祭り上げることにもなったこの作品は、35歳にして文壇デビュー作品であると同時に彼の最高傑作の一つとして最も読まれ親しまれている。〈文体の苦悩〉を嘆く執筆中の経緯もよく知られ、起源・モデル問題、厖大《ぼうだい》な草稿研究をはじめ、当初から様々な作家・作品研究のアプローチがなされてきた。又彼の主張する〈何も書かれていない本〉、〈主題はあってもほとんど目立たず文体だけで支えられた物語〉をめぐって多くのヌーベルクリティックらの示唆に富んだ論評が、今もこの作品の新しい境地を開示し続けている。

従来の物語概念を打ち破ったこの野心作には、それでも筋・山場があり、異彩を放つ主人公、エンマ・ボヴァリーがいる。エンマとエンマの物語についてはこれまで多く語られ論究されてきた。ここでは少し視点を変えて、今まで単なる脇役として少々なおざりにされてきたエンマの夫、シャルル・ボヴァリーを中心に〈シャルルの物語〉としてこの物語を再読してみたい。有名な作者のことば「エンマ・ボヴァリー、それは私だ」にならって、〈シャルル・ボヴァリー、それも私だ〉と作者が言いえる可能性を探りながら。

1．シャルル登場と母（第一のボヴァリー夫人）

「我々が自習室で勉強していると、校長が私服を着た一人の新入生と大きな机を担いだ小使を従えて入ってきた。」

作品冒頭の文である。物語は〈我々〉のクラスにこの新入生が編入されたところから始まる。彼は〈我々〉を前にして満足に自分の名前さえ告げられない。誰にも聞きとれない名を早口に繰り返した後、意を決して音声化された〈シャルボヴァリ〉からその正確な名を認識させるまでの道のりの遠さは、彼がこれから先組み込まれていく社会での、位置確定の困難さを暗示しているように思える。フローベールはプランにも吃《ども》って名を言う〈シャルボヴァリ〉を明記しているが、この口ごもり、発話の失敗は今後も彼の人生について回る事になる。

「……先生はシャルル・ボヴァリーという名をどうにか聞き取ると、それを復唱させ綴りを言わせもう一度読み直させてから、この可哀想な子に教壇下の劣等席に坐るよう命じた。」

その後彼は一生懸命努力したおかげで下級クラスには落ちず、クラスの中程の成績を維持、が、この中で際立った個性を発揮する事もなく、最後までうまくなじめないまま〈我々〉の記憶から消えていく。

「今では〈我々〉のうち誰も彼の事で何か思い出すことはできないだろう。おとなしい子で、休み時間には遊び、自習室では勉強し、授業はよく聞き、寝室ではぐっすり寝、食堂ではよく食べた。……毎週木曜の晩には母に長い手紙を書いた。」

このくだりを最後に小説から姿を消す語り手〈我々、ナレーター〉については、様々な考察がなされてきたが、T・タナーが指摘したように「少くとも新入生がそこに引きずり込まれる、凝視して嘲笑する冗舌で攻撃的共同体を形作っている事は確か[1]」であろう。そして〈我々〉は消失しても、この共同体は彼が生きる世界そのものとして、社会の規範に忠実すぎ（遊ぶ時遊び、学ぶ時学ぶ……）、母には従順なこの少年を嘲笑、攻撃し続けるだろう。

「掲示板で読んだ講義課目は彼を茫然とさせた。解剖学、病理学、生理学……どれもこれも語源の分からぬ名称で、荘厳な闇に包まれた聖堂の入口に立つ思いがした。彼は何一つ理解できなかった。一生懸命耳を傾けても意味がつかめなかった。」

〈我々〉の学校を中退し、独力でバカロレアを準備し医学の道に進む事になった彼を待ち受けていた世界とはこのようなものである。無論持ち前の生真面目さで努力はしてみる。しかし、日々の課業を熟《こな》しても前進されるものはない。怠け心を起こして一度歩みを緩めれば、次第に学業から遠ざかり、酒場・遊戯場通いの末、医師免許試験に失敗してしまう。初めての挫折。彼は母に助けを求め、母はこの失敗を周囲に対して上手にカバーし彼を落ち着かせて正規のルートに戻させる。

これまで素描されたシャルルの学校生活を概観すると、作者自身のそれとかなり類似している事に気づくだろう。J・P・サルトルはコマンヴィル夫人（作者の姪）の回想録から、言語獲得能力において劣っていたと思われるフローベールの言語に対する深い傷（トラウマ）を根底に据えてその作家論を展開している。(2) 歴史を除けば学業成績も特別優秀ではなかったコレージュ時代の思い出は、(3)〈誰にも理解されず級友達に嘲笑されながら胸に秘かな野心、芸術家魂を燃やしていた〉自画像として、『狂人の手記』『11月』等の初期作品に描かれている。そして中退、独力でのバカロレア合格と法学講義の違和感（医学ではないこの進路については『感情教育』に描かれる事になる）、一度目の試験の失敗。文学への志とは別に、法学を選ばざるをえず、選んだ以上試験には受かってみせると決意するフローベールのように、シャルルも己の意志とは無関係に医学を選ばされ、本質的には決して理解できない、つまり天性の道ではない分野の勉強に再び取りかかる。試験に受かる為、試験課目の準備勉強に精を出し、あらゆる問題を前もって暗記して良成績を修め、不適性な道に進む事になる。フローベールの方は、二度目の試験準備中、ポン＝レベックで神経症発作を起こし、結局法学を放棄、文学に専心することになるのだが。

ところで彼に法学を強いたのは父親であったが、シャルルに医学を勧めたのは母親の方であった。結婚生活にはすっかり失望し、夫には何も期待せず、夫とは無縁に孤独に生きていた彼女は、「壊れてバラバラになった自分の虚栄心の全てを子供の頭の中に移し込もうとした。高い地位に憧れ、我が子がすでに大人になって、美しく才気に富み、土木界か法曹界にいるところさえ思い浮べた。」

この彼女の夢の為にも、村の司祭に託された途切れがちの授業、シャルルはそんなところで留まる訳にはいかなかったのだ。

これは初めて〈シャルル〉が主語として用いられた箇所である。すでに彼の名は知らされているのだが、ここまでは〈彼〉という代名詞でしか記述されていなかった。が、ここでの固有名詞シャルルは主体的に何かをするのではない。医師試験に受かった日が、彼にとってではなく母親にとって〈素晴らしい日〉であるように、不十分な教育に満足しないのは、シャルルではなく母親なのである。続く文で学校に行く事が決定され父親に連れられてくるのだが、ここでも〈シャルル〉は受身であり、目的語である。この直後に先程の「我々の誰ももう彼の事を覚えていない。」のくだりが続き、〈シャルル〉は登場するやすぐに〈我々〉に忘れさられてしまうのだ。

この主体性のないシャルルの背後に母親の大きな存在がある。テクストはこの章の約4分の1近くを割いて、彼の母及びその結婚生活について記述している。それは単に彼の両親のエピソードとして読まれるものではない。この最初のボヴァリー夫妻の結婚生活は、シャルルの第一、第二の結婚生活と比較して読まれるべき多くの示唆を含んでいる。エピソードの主役は勿論〈ボヴァリー夫人〉たる母親の方だが、この物語が主人公のエンマではなくシャルルの登場によって始まったように、父ボヴァリー氏の紹介で始まる。

「……美貌を利用して6万フランの持参金をやすやす手に入れたが、これは彼の風采に惚れ込んだあるメリヤス製造業者の娘についていたものだった。」

シャルルの最初の結婚も未亡人の年金がらみのこの持参金が問題であり、エンマとの結婚では彼が持参金に拘《こだわ》らない事が決め手の一つとなる。しかしどちらの場合にも妻の財産で好き勝手に暮らし幾つかの事業に失敗した後、半ば農家半ば地主屋敷の住居に隠棲という父が享受した生活は得られないだろう。男前で快活、享楽的なこの父は、どこかあのユシェット荘のロドルフに似ている。

「彼の妻はかつては彼に夢中であった。があまりにも言いなりに卑屈な態度で愛したのでかえって夫の心を引き離す事となってしまった。」

エンマとロドルフの関係を思わせると同時に、逆転したシャルルとエンマの関係でもあろう。陽気で情愛深かった妻は気むずかしく神経質になり、夫への不平不満を押し殺し、家事家計の遣り繰りに忙しく立ち働くが、心の底には怒りが蓄積されている。この冷めた夫婦関係の中で彼女の唯一の救い、生きがいが子供、息子シャルルなのである。

子供は最初里子に出され（シャルルの娘、ベルトも同じ）両親の下に戻ってからは、甘やかされたり放任されたり、両親の育児観・教育観の相違によってちぐはぐな環境に生きる事になる。が男性的理想像に則って育てようとする父親の意志に反して、元来おとなしい子供は母親の側につくこととなる。

「母親はいつも子供を後ろに従えていた。厚紙を切り抜いたり、お話を聞かせたり、この子相手に、くどくどと甘い媚びを含む口調と物悲しさと陽気さの入り交じった独り言にふけっていた。」

後にシャルルが自分の娘に同じ事をするのをみるだろう。ここでも妻と夫の立場の逆転が起こっている。尤もエンマは自分の不幸の埋め合せとして何よりも男子誕生を望んでいたのであり、ここにみる母、ボヴァリー夫人の姿は、男の子を持ったらありえたかもしれないエンマ自身の姿でもあるのだ。

息子に夢を託し教育を施そうとする夫人は「図太くさえあれば男というのは必ず世の中で成功する。」と主張する夫を前に唇をかむ（傍点筆者。エンマがシャルルに憤慨して内心の怒りを押し殺す時何度も見せる仕草）。しかし彼女は精力的、周到に動き息子に医学を修めさせ、開業地を探し出し、年金つきの妻をみつけてやるのだ。小説第一部一章とは、シャルルの物語であると同時に、このシャルルに全てを賭けた最初のボヴァリー夫人の夢の序章でもあるのだ。

ここでメリヤス商の娘でありボヴァリー氏の妻であり、シャルルの母である彼女に名前が無いことに注意しておこう。それは彼女が男性社会が課す女性の役割（娘―妻―母）の中に完全に閉じ込められている事を意味する。しかしその存在はこの閉鎖性の中で苦悩し苛立ちもがくエンマの生き方とは対立する、この時代の揺るぎない社会の一規範として、物語全体に顕在化している。彼女があまりにも頻繁にシャルルの家庭を訪れその生活に干渉するのは、母としての支配欲ばかりでなく、息子の存在、彼に託した夢が、彼女自身の存在意義と深くかかわっていたからであろう。物語が終る時彼女の夢も完全に崩れ去り、息子に重ね合わせた彼女自身の人生も無の淵に沈む。エンマの悲劇はシャルルの悲劇であり、このボヴァリー夫人にとっても悲劇となる大きな入れ子構造になっているのだ。小説がヒロイン、エンマの物語からではなく、彼女がその姓を名のることになるシャルル・ボヴァリーの物語から始まるのは、シャルルこそ二人のボヴァリー夫人（正確には最初の妻を含めて三人の）をつなぐ要に位置しているからではないだろうか。彼はその〈愚かさ〉によってボヴァリー夫人（達）に対して加害者にもなり被害者にもなっていく。〈シャルルの愚かさ〉については次章で詳述するが、ここでは最後にその象徴とも思われるシャルルの帽子について触れておこう。

小説の始まりで、母の期待を担いながらも、自分の名を容易に認識させえないシャルルの姿のうちに、共同体への順応のぎこちなさをみたが、この帽子は彼の名に先立って詳述されている。この〈寄せ集め〉の、どんなに詳細に描写されても決して一つのイメージとして視覚化できない帽子についてもすでに多くの事が言われてきたが、彼が〈我々〉と同じように扱えなかったばかりか、最後にはどのように取り扱ったらよいかも分からなくなった帽子とは〈我々〉の世界への加入のまずさを象徴している。

〈我々〉のやり方に気づかなかったのか、あえて従わなかったのか、膝の上に置かれたままの帽子は、起立を命じられた時床に落ち、拾いかけた彼の手から隣の生徒の肘によって再び落とされる。拾い直された帽子は教師にまで〈何とかするように〉言われクラス中の爆笑を呼ぶ。動転した彼は手に持っていいのか、床に置いたものか、かぶるべきか分からなくなり、腰を下ろして再び膝の上にのせる。しかし教師が再び立たせ、やっと彼の名を認識して、教壇下の席に着く事を命じた時、この帽子は見失われている。

「『ぼくの帽……』あたりを不安そうな目つきで見回しながら、新入生は臆病気に言った。」

再びクラスに笑いと喧噪の渦を引き起こしかねない雰囲気に、教師は全員に罰課（罰として命令される宿題）を与え、最後に「何、見つかりますよ、君の帽子は。盗まれたんじゃないんだから。」と慰める。

この帽子は本当にすぐに見つかるのだろうか、誰も盗んでなどいないのだろうか。テクストは帽子のその後について何も語っていない。最初の社会生活の場としての学校入学、いわば人生の門出に、シャルルはどんなに奇妙な形状であろうと真新しい帽子を握りしめて立ち、取り扱いかねてまたたく間に見失う。彼を取り囲み、やがて彼もその一員となるこの新しい世界、T・タナーの言う〈嘲笑と冗舌の共同体〉が彼に見失わせた帽子とは、嘲笑される者として彼がこの世界に真にはなじめない事の証であり、A・ラトルをはじめ多くの人がみたように確かに彼の〈愚劣さ〉の象徴ではあろう。[(4)] しかしそれはどんなに取り扱いかねようと、彼がこの共同体の中に生きる時、彼が手にした唯一の真新しいものであり、誇るべきそれ故に執着するものであった。そしてこの意味ではそれはまさに、エンマの象徴のようにも思えるのだ。

シャルルにとってエンマは、たとえ視覚化できてもついにその実体のつかめなかった、理解できぬ存在であった。そこにこそエンマの、そしてシャルル自身の不幸の源がある。シャルルが自分の父のように、ロドルフやレオンのように、そして酒落れた流儀として素早く腰掛けの下に帽子を投げ入れる〈我々〉のように、エンマの外見に拘るのではなくその頭の中につまっている思いを理解し、それに見合った扱い方をしていれば、少なくとも彼女を見失うことはなかったであろうから。

2. シャルルの〈愚かさ(bêtise《ベティズ》)〉

すでに9歳で「正月なんて愚かしい。」と書くフローベールは終生〈愚かさ(bêtise《ベティズ》)〉に取りつかれた作家だが、とりわけ同時代、19世紀半ばのブルジョワ世界を扱うこの作品では、全ゆる事象(ロマン派では崇高な恋愛も)、全ゆる人物にこの愚劣さの影がみてとれる。尤もフローベールの〈愚劣〉に対する態度、感情は複雑で[5]、典型的ブルジョワ糾弾のみならず、時に自身を含めた人類全体、時代・社会全体の否定に通ずる〈悲しいグロテスク〉の様相を帯びている。ここでは、その一生を通して、人類全体の愚劣を具象化しうるシャルルについてみていこう。

Ａ・チボーデは「フローベールはシャルルにブルジョワ中に見出す嫌な性格を全部与えた。[(6)]」というが本当にそうだろうか。その帽子と共に嘲笑され爪弾きされた少年は、すでに見たように青年期の作者と重なり合いながらも、無事試験に合格し母親の敷いたレールに乗って実社会に踏み出す事で、作者と道を分かつ事になる。彼は開業し結婚する事で否応なくこのブルジョワ社会に組み込まれ、この社会の〈愚劣さ〉の犠牲になると同時に自らもその体現者となっていく。

エンマとの結婚生活において、彼は幸福であり日々の生活に充足しきっている。同じ生活の中で彼女が耐え難い思いをし不幸であるとは思ってもみない。新婚生活に想像していた喜び、幸福感が得られないエンマは、その不満を言語化できないまま、それでも自分の心の内をシャルルが察してくれたらと願うのだが、彼がその事に思い至るのは彼女が死ぬ時でしかない。実はプランではもっと早く彼女の倦怠の日々と不幸に気づく事になっている。が、気づいたところでどうする事もできなかっただろう。エンマは絶えず過去、未来、今いる時と場所とは違う処に心を置くのに対して、シャルルは現在、今ある処に満足しているのだから。シャルルにとって何一つ不足していない寝食を共にする日常生活の中で、同じ事の繰り返しでしかない日々へのエンマのやり場のない苛立ちは、次第にシャルルの立ち居振舞いへの苛立ちとなり、その憎悪はやがて彼の存在そのものに向けられていく。
　しかしエンマが忌嫌ったシャルルの凡庸さ、彼が話す事考える事の月並さを彼女も又免れている訳ではないのだ。月明りの庭で情熱的詩句や物悲しい調べを口ずさむことでシャルルの恋心をかきたてようとするが、彼女の夢みているロマンチックな愛情程月並で陳腐なものはない。

「夫の心に火をつけようとしても火花一つ迸《ほとばし》らせる事もできず、それにエンマは自分が実感できない事は理解できず、月並みな型通りの現れ方をしないものはみな信じられないたちなので、シャルルの情熱には最早並はずれたものはない、平凡なものだとあっさり諦めてしまった。」

　彼女は日常生活の中に埋没してしまっているとはいえ、シャルルの内にあった彼女への終生変わらぬ情熱には気づかず、期待通りの月並な反応を示すロドルフやレオンの下に走る事になる。彼らがシャルルより上等な人間だった訳ではない。彼らと味わう恋がエンマの夢みた本物の恋愛、幸福だった訳でもない。この恋愛が半日常化すれば、「この不義の恋の中に結婚生活の平板さや味気なさ全てそのまま見出される。」のだし、「何故シャルルを嫌い抜くのか、彼を愛する事ができればその方がずっといいのではないか。」と考え直すエンマは、薄々《うすうす》その事に気がついているのだ。

エンマの不幸の根本はシャルルとの結婚生活自体にあるのではない。誰とどんな生活を送っても幸福にならない事は予想がつく。幸福とは絶対的な実体としてあるのではなく、各人の考え方、生き方そのものの中に相対的にしかないものなのだから。

とはいえ、エンマも自力で生活し自由に生きる事のほとんどできなかった時代・社会の因襲《いんしゅう》に捉われていた女性達の不幸は背負っている。彼女も又胸の内にたぎる情熱や不満のエネルギーを外に向かって発散させる事も、身に余る力や才能を外に開花させる事もできぬまま、家の中、共同体の課する社会の規範の中に閉じ込められ、外から何かが起こるのを待つしかない時代の女性であった。(7) だからこそ彼女は夫が有名になる事を願い、男子誕生に夢をつなぎ、最後に夫の捩《ねじ》れ足手術の成功に全てを賭けようとする。第一のボヴァリー夫人がしたように子供に夢を託す事ができないとしたら、この社会の中で彼女の野心を満たす現実的な道は夫の内においてしかないのだ。オメーの浅薄な知識欲に乗せられたとはいえ、今や彼女はロドルフを諦める自己犠牲に値する夫の価値を求めて、かつての彼の母親のように積極的にシャルルをせきたてる。彼がこの手術に失敗した時、〈恋愛よりもっと堅実な何かに縋《すが》りたい〉と願う望みも夫に託した夢もついえ去り、彼女の心は完全に彼から離れてしまうのだ。

この事件はシャルルにとって医者としての世間の評判を台無しにしただけでなく、エンマの心を永久に失うという、知らずして彼の人生の失敗を決定づけるものとなった。自業自得、それは彼の責任だろうか。彼の罪は周囲に乗せられ、分を越えた領域に手を出した事だが、彼はエンマに勧められ励まされては何でもしただろう。世間の信用・人望を得、地歩を固めた開業地トストでさえ彼女の為には放棄したのだ。それに彼が医者として全くの無能という訳ではなかったことは、幾つかのエピソードが示している。(8) 何よりエンマの父ルオーの骨折を治している。父にとっては一流の医師に優《まさ》るとも劣らない名医が、娘にとっては最低の情けない男となる皮肉、人の名誉、評価も幸福と同様相対的なものでしかない事を作者は冷徹に描いている。

いずれにしても、すでにエンマにとってシャルルは無能、無価値な男となりロドルフとの恋を再燃させ、駆け落ちを決意する。そうとも知らずシャルルは、ロドルフとの新しい生活を夢みるエンマの傍らで、娘ベルトの将来に思いをはせ、娘に施す教育、その費用について考えている。女の後を追い回す夫のそばでシャルルの教育を準備した母、第一のボヴァリー夫妻とは正に逆の図である。

しかしロドルフに棄てられ生きる気力も失くして病床に伏すエンマの看病に専心するシャルルには、娘に教育を施す事も財産を残してやる事もできなくなるだろう。エンマ故に生じた金の心配（というのも彼女の看病の為、自分の患者は打ち捨てていたので収入の道は絶たれ、その上薬代の支払い、女中に任せきりの家計費の嵩《かさ》み、エンマが準備した駆け落ちの為の旅用品の代金請求）をルールーの目論見にのせられ借金という安易な形で処理してしまい、返済の策を考える代わりに、「そんな気苦労の為肝心なエンマの事を忘れてはならない。」と彼女第一に気づかうシャルルのあり方の中に、この一家の没落の兆しがすでにみてとれる。

シャルルの愚かさとは、エンマが彼にみてとり毛嫌いしたもののうちにではなく、何を犠牲にしても貫く盲目的で執着的なこのエンマへの恋心のうちにあるのだ。皮肉な事にエンマが彼にではなくロドルフやレオンに求めた情熱は、彼らのうちには一過性のものとしてしかなかった。シャルルだけがこの愛故に全てを失う事になるのだ。

3．シャルルと最初の妻（第二のボヴァリー夫人）

エンマがついに気がつかなかったシャルルの情熱は、彼自身も明確には自覚していなかった。その始まりにおいても日常性の中に溶け込んでいて、何故嬉々としてベルトーへ通うのか心に問うてみる事もなかった。それは最初の妻の執拗な嫉妬攻撃に辟易し、〈二度とベルトーに行かない〉と誓わされて初めて意識させられたのだ。

「で彼は服従した。が、欲望の強さが行動のふがいなさに反抗し、一種の素朴な偽善心から、彼女に会ってはいけないと禁じられるのは愛する権利を与えられたようなものだと考えた。」

この文に続く語りによる妻の姿は、シャルルによるエンマとの比較において描写されている印象をうけるが、妻の死後もルオーからの誘いを待って再訪を開始するあたり、この恋にどこまで自覚的で積極的であったかははっきりしない。彼は一度も直接恋を語らず（プロポーズも含めて）、自分の心を言語化しえないままエンマとの結婚生活に入ってしまうのだ。それはエンマも同じで、互いの感情を言語化しえなかった二人は、やがて異なる情熱を胸に秘めたまま、意思疎通の不可能性の中に生きることになる。

エンマはシャルルに恋していると思っていたが、その恋がもたらすべき幸福が実感できず次第にこの結婚に失望していく。ところでシャルルも最初の結婚で、エンマの夢とは異なる現実的期待だが、幻想を抱いていた。

「シャルルは結婚すればもっとよい状態が到来するものと莫然と予想し、もっと自由になり己が身と己が金は自由にできるだろうと想像していた。」

母が選び受動的に従った結婚ではあるが、彼なりにこの結婚生活に夢みるものはあったのだ。「しかし妻が支配者だった。」彼女はあれこれうるさく言い、ああしろこうしてはいけないと命令し、彼を監視し、心身の悩み事をうったえ、想像上の女に嫉妬し愛を欲求する。シャルルの反応は語られていないが、この生活では幸せでなかった事は想像がつく。だからこそ過去に照らしてみて、エンマとの結婚生活が生涯最大の幸せになるのである。ロマン派的劇的要素もなく、レアリスムに照らしても非現実的なシャルルの情熱は、物語の中では〈熱愛する女性を終生我が物とする喜び〉と、この世界のもつ卑俗で現実的レベルでしか描かれないのだが。

シャルルの最初の妻、そして第二のボヴァリー夫妻が物語で担いうる意味については、もう少しみておこう。年上で不器量でやせぎすの未亡人は、1200フランの年金故に妻に選ばれたので、何より先の姓デュビュック夫人という名で登場する。この名は結婚後も彼女の財産が問題になった時繰り返される。そして唯一度冠された〈ボヴァリー若夫人〉という呼称は、後にエンマがその名を引き継ぐことと関連するかのように、ルオー氏に娘がいる事を知って情報収集する姿を描く時用いられている。さらに第一のボヴァリー夫人と違って彼女には〈エロイーズ〉という名があるが、その名は彼女の女性性が露わになるところで二度使われている。しかし連呼される〈エンマ〉と違ってシャルルがその名を直接呼ぶ事はなく、すぐに消えていく。というのも彼女の財産がわずかである事が判明し騙されたと知った両親が乗り込んできた時、「エロイーズは泣きながら夫の腕の中に身を投げ、彼らの攻撃から守ってくれと頼んだ。シャルルは彼女の為に口をきこうとした。両親は気を悪くして帰ってしまった。しかし打撃はきいた。一週間後中庭で洗濯物を広げている時喀血した。翌日シャルルがカーテンを閉めようと背を向けたその間に『ああ、どうしよう！』と言い溜息をつき気絶した。彼女はもう死んでいた！　何という驚き！」と記され、極めて唐突、原因不明的に死んでしまうからである。エンマとの結婚はこの妻の死なくしてはありえないので、プランにも妻の素描と共に〈肺病にかかって2年後に死ぬこと〉、〈病気―死〉の記述の直前に〈1200フランの年金喪失〉等が明記されている。テクストでは、この財産喪失を死の間接因であるかのように記しているが、不思議な死という印象に変わりない。

しかし何ともあっけないその死に方は、自殺に至るまでのエンマの長い道のり、毒を口にしてから死ぬまでの長い苦悶の時との違いを思い起こさせる。その死をはじめ、僅かなエピソードで語られる最初の結婚生活は、エンマの物語との暗黙の比較対照において読まれる要素をもっている。

財産を詐称した事で両親は彼女を責めるが、エンマは財産そのものを無にしてしまう。彼女はシャルルに助けを求めるが、エンマはシャルルにだけは助けを求めたくない。自分故に一家が破産したと知って、シャルルは驚き泣くだろうが最後には許してくれる事は分かっている。がエンマには彼の許し、寛大な態度、彼が自分より優位な立場にいる事が我慢できない。その強い自尊心故彼に許しをこい、頼るよりはむしろ死を選ぶだろう。

夫にも看取られず死んでしまうエロイーズに対して（彼女の死は彼がカーテンを閉める為背を向けた間の事だった）、長い間死の床に付き従われながら、エンマの心はシャルルに背を向けたままである。母、ボヴァリー夫人が過去のいきさつを忘れて夫の死に涙するように、シャルルもエロイーズの葬式後悲痛な物思いにふける。語りはこの章の最後を「なんといっても彼女は彼を愛していたのだ。」と結ぶ。第一のボヴァリー夫妻で忍従を強いられたのが夫人だとしたら、第二のボヴァリー夫妻において忍従したのはシャルルの方だが、それでもとにかく、ここでは彼は愛されていたのだ。エンマの時とは違って。

この妻の残した婚礼の花束をみて「もし自分が死ぬようなことになったら、自分の花束はどうなるのだろう。」と考えたエンマであるが、シャルルは家中の金目のもの全てを処分しても、彼女の持ち物は何一つ手離さないだろう。この花束はトストを発つ時、エンマ自身によって火にくべられる。幻滅に終わった結婚生活の第一章を葬り去るように。そしてエンマが死ぬ時、暗黙の語りはこう言えるだろう。〈なんといっても彼は彼女を愛していたのだ〉と。エロイーズの死で始まったエンマの物語はエンマの死によって閉じるが、小説はまだ終わらない。A・チボーデが「この小説がもし誰かの個人的伝記といいうるなら、それはシャルル・ボヴァリーの伝記だろう。」と述べているように、エンマの物語の外側で、

3人のボヴァリー夫人を結ぶシャルルの物語が進行しているのだ。

4. エンマの死、そしてシャルルの謎の死

夢想の人、感性の人エンマの対極に、鈍感で現実的な人シャルルという定評の図式に対して、G・ファレオネは小説最初では夢みる事のできる人、プラン・草稿では妻と同様生き生きとした想像力を持ったシャルルの造形に注目している。そして作品錬成過程で彼の人物像が後退していった事、エンマやオメーの人物像が進展、重要性を増すに応じて、エンマの不満・苛立ちとオメーの冗舌を際立たせる為、あえて言葉を失い作家によってなざりにされたシャルルは、エンマの死とともに再び主体的人物として復権してくる事を指摘している。(9) いずれにしても小説の最後は、彼自身の死へ向けてその個人史のクライマックスが形作られることになる。

エンマの死は又ボヴァリー老夫人にとって長らく失われていた息子の愛を取り戻す契機でもあった。最初の妻の時は自分の方が愛されていると感じる事のできた彼女も、エンマ相手ではそうはいかなかった。シャルルのエンマへの愛は〈自分に注がれた息子の愛情の

放棄、自分に属するものへの侵害〉と思われ、これまで彼の為に払った犠牲・苦悩をそれとなく思い出させながら、エンマばかり排他的に愛するのは間違っていると諭してきた。二人の確執の間に立って母を敬い妻を愛するシャルルは唯右往左往するだけであった。[10] 物語の随所に挿入されたこの三角関係は、息子の愛を嫁に奪われた母の嫉妬を越えて、シャルルのそして自分の夢の危機を本能的に察知して緊迫したものになっていく。しかしエンマの生活が嘘で塗り固められ破局へ向かおうとする頃、ルールーのからむ委任状をめぐって対立した時、シャルルは初めて母に反抗し妻を弁護する。母も又〈彼が自分よりエンマを愛している事、それも道理で仕方ない事〉をはっきり認め身を引く。この時諦念をもって成行きを見守る以外になかった彼女は、今エンマの死によって再び昔の母—息子の親密な関係を回復する機会を得たのだ。〈二人はもう決して離れて暮すまい〉と話し合う。が、この今後の生活設計は、シャルルがエンマの家具を売る事を拒否した事であえなく潰え去る。

「母親はそれでひどく腹を立てた。彼は母親以上に憤慨した。彼はすっかり人が変わってしまった。母親は家を出ていった。」

彼の情愛はエンマの死によってむしろ強まったかの印象を与える。母との何度かの和解のチャンス毎に露呈されるこのエンマへの愛は、最後に忘れ形見のベルトをめぐって決定的な決裂を招く事になる。それは母の助けを必要とする金銭問題の処理を放棄する事、その財政困難に拍車がかかる事を意味する。現実的ではない。しかしここで彼は母との関係を完全に断ってしまうのである。

ところでシャルルにみてきた母―息子の関係は、青年期のモラトリアムの時代を終えてこのブルジョワ社会に安定した地位を築いていこうとするレオンに引き継がれていく。母親は息子を堕落させかねない人妻（エンマ）との恋を職場の上司に知らせ、縁切りを説得してもらう。そして物語の最後にレオンの結婚をシャルルに知らせてくる。草稿は人の良いシャルルの返信に、一人前の男になったと自惚れて会心の笑みを浮かべるレオンの姿を伝えているが、テクストでの削除は的確であったと思える。何よりレオンはロドルフのような男にはなれないだろうし、彼はシャルルのように母親の支配から脱しきれず第二のシャルルの道を歩む事になるだろう。そしてシャルルの〈妻が生きていたらどんなにか喜んだことでしょう〉という祝いの言葉で終るパラグラフの直後に、ロドルフの手紙が発見されるエピソードが続くのが、極めて効果的だからである。

〈シャルルはかつてエンマが今の彼よりもっと蒼ざめて、絶望の果てに死のうとしたその同じ場所に身じろぎもせず茫然と立って〉この手紙を読み、それがロドルフからのものと見抜くが、文面が露骨でないので二人の関係をプラトニックなものと考える。この時点ではまだシャルルは妻とレオン及びロドルフの関係について欺かれたままなのである。

ロドルフにとって、いや全ての男にとって欲望の対象であり、唯一人自分だけが手に入れることのできた宝として、エンマは前にも増して美しく輝く。

「そして絶え間ない狂おしい欲望が彼の絶望を一層かきたて、今となっては叶う術もないだけになおさら際限なく募っていくのだ。」

妻に先立たれた男のこの狂おしい欲望については、すでに同じ経験をしたルオーの口から語られていた。シャルルが最初の妻を失くした後で、こうした欲望も月日と共に薄れていくものだという勇気づけの言葉とともに。

「……一日一日、日が経って冬に続いて春が、夏に秋が重なって、そいつは少しずつ

少しずつそっと流れていきましたな。どこかへ行っちまった、立ち去ったというか。まあ降りていったと言えばいいのか、底に相変らず何かが残ってるからね、重石とでもいうか、ほら胸のとこにね。しかしこれが人の世ってもんです。弱りこんじゃいけません、他の人が死んだからって死のうなんて……元気を出さなきゃ、先生、いずれ過ぎてしまいますよ。」

ルオー自身エンマの葬式後シャルルに、かつての自分の慰めの言葉を思い起こさせている。しかし今回自分の娘を失ったルオーにはもうどんな言葉もなく、思い出された慰めの言葉はシャルルの死を誘発しかねない逆効果になっている。尤も人生の真理をついた彼の助言は今度も当てはまったかもしれない。かつてルオーにエンマがいたように、彼にもベルトという娘が残されているのだから。母と訣別して手元に置いたこの娘と共に悲しみが薄らいでいくのを待つ事もできただろう。草稿はエンマの墓を守りながら穏やかに過ごす日々を幸せとするシャルルの述懐も語られている。テクストにも「奇妙な事にボヴァリーはエンマの事を絶えず考えながら、そのくせ次第に忘れていった。彼女の面影を記憶に留めようとするさなかにも記憶から抜け落ちていくのを感じて絶望にかられた。」と記されている。そんな彼が毎晩みる夢（エンマに近づき抱きしめたかと思うと、彼の腕の中でぼろぼろに腐れおちてしまう）は、記憶に残るエンマの面影が薄れていくのに反して明るみに出るエンマの実像を象徴しているだろう。事実エンマの肉体は墓の下で腐敗し、隠されていた生前の生活、すでに生きて腐敗していたその実体がシャルルにみえる時がくる。それは時間の問題だった。彼はエンマの家具は一切売らず、彼女の部屋だけは昔のままにしてその世界に閉じ込もり思い出に耽っていたのだから。時と共に面影が薄れていく今、記憶を今一度鮮明にするのに事物の媒介程有効なものはない。目につくもの、手に触れるもので足りなくなれば、机の秘密の仕切りを開ける日はいつか必ずくる。こうしてシャルルはエンマとレオン、ロドルフの関係の全貌を知る事になる。

「中にレオンからの全ての手紙があった。今度はもう疑いようがない！　彼は貪るように最後の一通まで読んだ。啜泣き、わめき取り乱し気が狂ったように部屋の隅々、家具という家具、引出し類、壁の後ろまで探しまわった。一つの箱を見つけ出し、力任せに踏みつけた。散らばった恋文の中からロドルフの肖像画が跳上って彼の顔の真中にぶつかった。」

彼らとの関係を知ったシャルルの驚きはいかばかりであったろう。かつて積極的にエンマを彼らに近づけたのは彼自身であったのだから。彼の落胆ぶり、〈外出もせず客とも会わず、往診も断り、髭も伸び放題、服も汚れて顔つきもすさまじく大声で泣きながら歩き回る〉失意と苦悩にみちた日々は素描されるが、彼の心の内は語られていない。苦しみを分かち合う人が身近にいないので、非哀に耽る悦楽を十分に味わえない一種の欲求不満状態が語られるだけである。この直前に、娘を連れて夕方からすっかり日が暮れるまで墓地で過ごす事が記されているが、破産した時、生前のエンマが考えたように、今度もシャルルは事実を知って、驚き泣きわめいた後、全てを許していたのかもしれない。

最初にロドルフの手紙を発見した後、シャルルを襲う激しい欲望を記したくだりの後に、草稿では「今では彼を苦しめた彼女の激昂、気まぐれな行動や贅沢さも彼を魅了した。こうしたもの故に、そして背信行為はあったかもしれないが、彼女の優美さともなっているこの頽廃的雰囲気、全てを通して彼は彼女を愛していたのだった。」と記されている。シャルルにとって最早エンマの裏切りは問題でないのかもしれない。この苦悩を形容するのに、〈(性的)快楽（volupté《ヴォリュプテ》)〉という語が使われている事は、全てを知った上でなお彼の心がエンマを離れえない事を示している。

己の苦悩を語る相手もないまま日が過ぎて、ある日シャルルは偶然にロドルフと出会う。偶然？　いやそれは、ロドルフとエンマが初めて関係を持った日、そんな事とも知らずに唯エンマを喜ばせようと意を決して買った馬を、最後の金策として売りに出した日であった。苦悩を分かち合える相手ではない。この苦悩の一端を担った男なのだから。が、かつてエンマが愛した男の顔を前に、彼女の面影を認め驚嘆の思いで、〈できる事ならこの男になりたい〉とさえ思うのだ。

「まだエンマが生きているかのように、彼女の気に入られようとシャルルは彼女の好み、考えを採用した。エナメル靴を買い白ネクタイを締めた。口髭はチックで固め、エンマにならって約束手形に署名もした。エンマは墓の彼方からすら彼を堕落させた。」

ロドルフの手紙発見の直後のエピソードである。シャルルはエンマが生きていたら気に入るであろうお洒落を初めてするのだが、この姿はロドルフを意識しての事としか思えない。ロドルフがシャルル及びエンマに占める位置は、決してレオンと同じではない。彼が出会ったのがもしレオンであったら、はたして〈この男になりたい〉と思ったか、ロドルフとの会見と同じ展開になっただろうか。彼はレオンの手紙全部に目を通したが、レオンへの感情・反応は物語に書かれていない。作者はどんな形にせよ、二人を対峙させていないのだ。一方、ロドルフの手紙は別の箱にいわば封印されており、足で踏みつけてこの封印を解いた時、中から跳ね上がった肖像画がシャルルの顔を打つのは極めて象徴的である。何故なら彼はロドルフと再会した翌日、死ぬのだから。

エンマの二つの姦通は同じレベルで捉えられるものではない。J・P・サルトルは、ロドルフに対しては女性的、レオンに対しては男性的であるエンマのあり方の中に、エンマのそして作者自身の両性具有性を詳述している[11]。エンマに気に入られたい為、彼女の好み全てを受け入れ、主導権を握られ、彼女の情婦のようになったレオンの女性性は、シャルルにとっても当てはまるものである。プランは何度もシャルルとレオンの類似性を記しているが、彼らは同じ世界に属すると言ってよいだろう。年上の女性（母であれ妻であれ愛人であれ）に惹かれ、保護され支配される関係は、男女の本来の性を逆転させる可能性をいつも孕んでいる。彼らも又両性具有的なのである[12]。

父親はシャルルを男性的理想像によって教育しようとしたが失敗した。子供は母の懐に逃げ込み、その保護・支配関係の中で、母（強い男性性）―子（庇護される弱い女性性）

の関係に安住する。新婚当時、エンマは自分につきまとうシャルルを「後ろにすがりつく子供にでもするように、半ば微笑みながらもうるさそうに押しのける。」彼が絶えず母親の後ろにいた事を思い出させる。第二の母ともいえる年上の妻との関係では、シャルルのこの引き裂かれた両性性は露呈されなかっただろうが、エンマとの結婚生活では、彼女の要求する男性像（それは彼女固有のものであると同時に幾分かは社会の規範に合致するものである）の下では破綻せざるを得ない。

エンマは男とは（女とは）こういうものだという紋切型の通念の下に生きている。彼女が最初にシャルルに幻滅するのは、〈水泳もできなければフェンシングもやれずピストルの撃ち方も知らない……馬術の用語を説明する事さえできない〉彼が、彼女の理想に適う男性性をもっていなかったからである。

「男というものは、それとは反対に全てを知り、様々な活動に優れ、情熱の力、生活の洗練、全ゆる神秘を手ほどきしてくれるべきではないのか。それなのにこの人は何も教えてくれず、何も知らず、何も望んでいないのだ。」

エンマ自身、自分の中にある男性性には気づかず、社会通念に則って貞淑な妻、良き母を演じようとした。彼女故にシャルルが幸福である事を恨めしく思うのは、（先の引用文は、「自分が彼を幸福にしてやっている事さえ恨めしく思うのだった。」と結ばれている）彼がその男性性において彼女を満足させないのに、彼女の女性性を一方的に享受しているからであろう。夫が彼女の望む、又世間が期待しうる男性性を発揮しえない以上、彼女の女性としての演戯、努力は無駄な自己犠牲であり、十全にその女性性を開花させて悔いないロドルフとの恋を諦める理由はない。

ロドルフはエンマがその男性性を最初に見出した男であり、最初に生命がけで愛した男であった。だから彼女は生涯この恋の思い出を消し去る事ができないのだ。レオンとの恋愛関係の中で世間体を無視しえる彼女も、「時折ロドルフに会いはしないかという考えが不意に浮んで身震いする。」彼女は〈彼に従属している状態から完全に脱しきれていない〉と思っているのだ。永久に別れたとはいえ、ルオーの言葉を借りて言えば〈心の底に重石のように降りていった〉だけなのだ。そして金策の最後の頼みの綱として、突如稲妻のように甦ったこの男を訪ね、この男の正体、この恋の現実の姿が明らかになった再会の後で、エンマをこの世につなぎ留めておく希望は全て失くなったのである。

丘の上で振り返りロドルフの屋敷を眺めるエンマには、その為にこそ向かった金の問題はすっかり忘れさられ、唯〈恋の傷み〉だけが残り〈自分の体から魂がこの恋の思い出を通って抜け出ていく〉のを感じるばかりであった。この時すでにエンマの生涯は終ったのである。

彼女の見た幻覚〈炸裂した無数の火色の球の一つ一つにロドルフの顔が浮び彼女の身体を通って消えていく〉は、花火の無数の火の粉のように噴き出した彼女の追想、想念が全てロドルフに集約されて消えていく事を示している。エンマにとってロドルフは、そして彼との恋は特別なものであったのだ。悲劇なのは、それが崇高でも荘厳でもなくむしろ喜劇的でさえあったことである。

それはシャルルのエンマに対する情熱も同じ事である。彼が自分の生涯を結論づけるかのように発した重い言葉「あなたをもう恨んでいません。これというのも運命（fatalité《ファタリテ》）のせいです。」は、かつてロドルフがエンマと手を切る為の手紙で「何といってもこれがいつでも効果的なんだ。」と考えて用いられた「ただ運命を責めて下さい。」と同じ言葉なのだ。何という皮肉、人が生命を賭けて貫くに値する恋愛など、たとえ物語の中でも存在しえなくなった時代の悲喜劇である。それが作者の生きた時代の実体であり、彼はこの時代相をよりリアルにレオンの物語として『感情教育』に描くだろう。G・ファレオネがシャルルの運命にフレデリック・モローの原型をみたのもあながち的はずれではない。(13) ロドルフと再会した翌日、シャルルはかつてエンマとロドルフが逢引を重ねたあの園亭のベンチに行って腰かける。

「日の光が格子の隙間から射し込んでいた。葡萄の葉は砂の上にその影を描き、ジャスミンの花香り、空は青く、今を盛りに咲くユリの周りでハンミョウが羽音を立てていた。そしてシャルルはやるせない心一杯に広がる得体のしれない恋の官能的匂いに、青年のように息をつまらせた。」

草稿は、青空の下、はてしない倦怠が彼を襲い、この後生涯の全ゆる悲しみ、エンマとの結婚のこよなき幸せの全てが、甦ってきた事を伝えている。

夕刻娘が父を呼びにきた時、彼はすでに死んでいた。エンマの黒髪の一房を両手に握りしめて。遠い昔、彼が見失ったあの帽子を、今彼の方から、世の中、あの〈共同体〉を去る時やっと取り戻したかのように。

解剖されたが何も出なかった。〈あたかも悲しみのあまり死ぬように、体のどこと器官を病んでいたのではなく、唯思い悩んで徐々にゆっくり死んでいった〉あの『11月』の主人公を思い出させる驚異的、不思議な死でシャルルの生涯は閉じられる。

さらに物語は、ボヴァリー一家の零落とオメー家の全盛の急勾配を描いて、エンマがかつてシャルルに望んだあの十字勲章のオメー叙勲で幕を下ろす。エンマやシャルルの物語など、彼らの生きた世界、時代のもう一つ大きな愚劣さと虚無の波に呑込まれていくように。

注

(1) T. Tanner, *Adultery in the novel*, The John Hopkins University Press, 1979：トニー・タナー、高橋和久・御輿哲也訳『姦通の文学』朝日出版１９８６年。

(2) J. P. Sartre, *L'idiot de la famille*, Gallimard, 1971.

(3) フローベールは歴史では何回か一等を取り、博物史、哲学でも賞は取っている（J. Bruneau, *Les Débuts Littéraires de Gustave Flaubert*, Armand Colin, 1962)。そういえばシャルルも博物学では一度一等を取る。

(4) A. de Lattre, *La bêtise d'Emma Bovary*, José Corti, 1980.

(5) フローベールにおけるブルジョワ観とこのbêtise《ベティズ》をめぐる態度については、サルトルが「フローベールにおける階級意識」の中で詳述している（J. P. Sartre, *«La conscience de classe chez Flaubert»*, Les Temps Modernes, Mai, 1966)。

(6) A. Thibaudet, *Gustave Flaubert*, Gallimard, 1973.

(7) この時代の女性の立場・状況、（より一般的な女性観を含んでの）女性像は、すでに男子誕生を望むエンマの心の中ではっきり意識されている。

(8) 肺炎を治してもらった猟場の番人（エンマにあのグレーハウンド犬をもたらす）、口中の膿瘍を切開してもらって治《ち》癒《ゆ》するヴォビエサールの侯爵（館への舞踏会招待の契機となる）、ロドルフの下男に対する瀉血《しゃけつ》（ロドルフがエンマを見初める事になる）、いずれもシャルルの医療行為はエンマの生活、人生に深くかかわっている。テクストは〈カタル性炎症と肺の病気を得意とし、人を殺す事は恐れたが外科手当てを恐れた訳ではなく瀉血、抜歯においては力を発揮〉した事を記している。

(9) G. Falconer, *«Flaubert assassin de Charles, Langage de Flaubert»* (actes de colloque de London 1973), Situation 32, Lettres modernes, 1976.

(10) フローベール自身、恋人ルイズ・コレと彼の母親の関係については悩まされていた。しかし、「私は起源の違う二つの愛情をこんな風に混同したり、結びつけたりしたくありません。」と答えてこの問題に一線を画している。（１８５４年1月13日）

(11) J. P. Sartre, *L'idiot de la familel*, t.I.

(12) トニー・タナーは Bovary の姓が牛の属性を暗示し Bouveau（去勢した雄牛）、Bouverie（乳牛舎）から雄牛と雌牛を共に含意すると指摘しているが（前掲書）、この姓自体両性具有的である。

(13) G. Falconer 前掲書。

第五部　フレデリックの恋
―『感情教育』を読む―

1．中心点としてのアルヌー夫人

『感情教育』の主旋律ともいうべきフレデリックとアルヌー夫人の恋は、熱烈な思いを寄せる青年とその青年に心を許しながら貞節を守る人妻の恋として、『谷間の百合』と共通の輪郭を持っている。しかし両書の部分的類似を詳細に列挙したA・ヴィアルも指摘しているように(1)、フレデリックの恋は、それだけで一冊の本となっているバルザックの物語とは違って、その他の要素と交じり合って彼の人生を作っている点に大きな特徴がある。さらにこの一青年の物語は、小説の副旋律でもある歴史的背景によって広大な時代の流れの中に組み込まれている。ここでは、この恋が小説の中でどのように描かれ、それが如何なる意味を担っているかを検討してみよう。A・チボーデが〈固有の持続を持って流れゆく人間世代のイメージ、去り逝く人々を巻き込み運んでいく水のイメージ〉[2]と名づけ、C・デュ・ボスも「何一つ読者をそこにつかまえておくものがある訳ではないのに一切がそこから滲み出てくる。……一方時として読者は流れ去っていく時間の内部そのもののうちにいる気がする。[3]」と述べているように、この小説はフレデリックの恋を人生の流れ、時の流れの中に溶解する事で、人生そのもののリズム、より現実的世界を描き出す事に寄与している。フレデリックのアルヌー夫人への恋が、人生のリズム、流れを作り出している小説全体において、ある原動力となっている事は疑いえない。G・プーレは、先のデュ・ボスが強調したような流動的全体の流出に、小説の中心は静止しているが、その円周を絶え間なく活動させている循環運動を加えて、「だがこうした絶え間ない循環運動は、もし中心に一つの要素が、つまり創造者ではなく秩序付けをする者の事を言っているのだが、存在しない場合には何の意味も持たないだろうし、小説は形を成さないだろう。数多くの人物や経験や思い出を休む事なくある一つの中心に関連付けているその要素とは、主人公の愛である。仮にフレデリック・モローがアルヌー夫人を愛さないとすれば、この小説には何の意義も存在しなくなるだろう。[4]」と言って〈魂の中心を永久に占有する中心的イメージを取り巻く心的活動全体の構成によって、宇宙の無秩序的多様性が中心的対象の周辺に絶えず秩序付けられていく恒常的関係〉をこの小説の真の構造と定義している。

アルヌー夫人は、確かにG・プーレが指摘するように小説の諸々の要素を結びつけていく構造上の見えざる中心点である。

「世界がにわかに広まったように、彼女が全てのものの集中する輝かしい点であった。」初めての出会いの中でフレデリック自身によって定義されているこの中心点としてのアルヌー夫人とは、そもそも何を意味するのだろうか。ずっと後になって夫人に直接的に語られた恋の告白の中では、この中心点はより具体的な様相を呈してくる。

「一体私はこの世で何をすればいいのです？　他の人間は皆、富や名誉や権力の為に齷齪《あくせく》しています。私には地位もない。唯貴女だけが私の心を占めているもの、私の富の全て、私の生活や考えの目的であり中心なのです。空気がなければ生きていけないように、貴女なしには生きていけません。」

まさに主人公にとっては真実であるこの告白は、同時にロマネスクで非現実的なこの恋の特性を見事に示すものとなっている。こうした中心的イメージに要約される恋の在り方は、青年期の作品『11月』においてすでに予告的に示されている。

「ああ、僕が恋をしたならば、自分の上に降りかかってくる、こうしたバラバラな力を挙げて唯一点に集中する事が出来たならば、僕はどんなに激しい恋をした事だろうか。」

そしてこの物語の後半で主人公がマリという女性を恋の具体的対象としえた後では、

「幻想と実体、夢と現実一切が混同してしまって、あの別れてきたばかりの女が僕には一種総合的大きさを備えたものに見え出し、そこに過去の全てが要約され、又そこから全てが未来へ向かって突き進むかに思われた。」

というふうにアルヌー夫人への恋を思わせる中心的イメージの規定が、はっきりと表されてくる。次の作品『初稿感情教育』のアンリとルノー夫人の関係の中にも同種の恋の在り方を指摘できる。ここでは中心的存在は、ルノー夫人のアンリへの恋と、アンリのルノー夫人への恋と相互的な形をとっているが。

「何処でも何時でも全てのものに、又とりとめもない事につれて、思いあたるのはアンリであり、アンリに関係のある事だった。彼女は全然関係のありそうもない考えをアンリにまで引き寄せてきて全然縁もゆかりもないはずの原因をアンリに結びつけるのだった。」

「彼はありとあらゆる思い出に遡って自分のこれまでの生涯に彼女の居ない出来事を何か探ろうとした。彼女がまざり合っていない喜びとか苦しみを探ろうとした。だが無駄な事なのだった。どんな処にも彼は彼女を見つけ出し、あらゆる方向から彼女は彼の生活を満たし、彼自身の個性はその中に没していた。彼は一つの影に他ならないのだった。」

これらの初期作品の中では、部分的表現に留まるが、すでにフローベールが恋にこの中心的イメージの概念を与えている事は興味深い。青年フローベールの恋愛観には、〈大いなる情熱だけが人生に意味を与える〉という主題に貫かれた『情熱と美徳』が端的に示すようにロマン主義の強烈な刻印がある。しかもJ・ブリュノーが、「『11月』の主人公と女主人公は絶対的恋愛のロマンチックな探究の犠牲者である。[5]」と述べているように、『情熱と美徳』のマッツァの恋をはじめ、ボヴァリー夫人の思い描く恋、サラムボーへのマトの恋と、いずれもフローベールの小説に描かれた恋は、愛する人に全生涯、人生を集約する情熱の強烈さと、そのロマン主義的恋愛故の人生における犠牲を描いている。恋におけるこうした中心的イメージの概念とは、明らかにフローベールの恋愛に対するロマンチスムの反映であるが、『11月』の女主人公のモデルとされるユラリー・フーコーがフローベールに宛てた手紙の中に、我々は同種の恋の中心的観念を見出す。[6]

「貴方が激しい情熱を感じているとしても真に愛する事が出来、愛する女性の内にのみ全喜び、男が求めうる全欲望を要約しうる女性を感じるのはこの年齢においてなのです。愛する事、それは彼女に献身し、己れの思想、望みを捧げ、唯彼女の意志、喜び、快楽しか持たない事です。彼女が近づけばその心は幸福と愛でうち震え彼女を見て夢見心地となり、彼女がいなくなれば求め、昼夜あらゆる処に彼女を見、彼女に身を捧げ、そのそばで生きる為に全てに立ち向かい、全てを捨て、彼女の腕の中で同じ大気を呼吸しその胸の上で死ぬ事です。」

この年上の女性が与えたロマネスクな恋の謳歌は、少なくとも作家フローベールに素晴らしい恋の教えとなるのに寄与している。これはフレデリックの恋そのものとなるであろうから。

『感情教育』はアルヌー夫人への恋において結晶した中心的イメージを具体的に展開しながら、若き日のフローベールのロマンチスムともいえるこうした形の恋に、現実の人生からの破産宣告をなすのである。18歳でぼんやり人生を夢みた青年は、富・名誉・地位への野心を決してかなぐり捨てる訳でも諦める訳でもないのだが、結局アルヌー夫人への恋、その固執によって全てを失っていく事になる。それは、彼が自分の行動、人生そのものにこの恋を密接に結びつけている故にである。

2. 全てを失わせる恋

この小説全体を最後までみていく時、我々は、実在・不在を問わず主人公の意識の内にアルヌー夫人の事が現れない章は一つもないという事に気づく。そして若干の章を除いてこの意識に占められたアルヌー夫人の存在は、先のプーレが指摘したような感覚の領域において時空的に諸々の対象を関連付けるのみならず、この小説の筋ともいうべきフレデリックの送っていく人生と密接に結びついて〈ある青年の物語〉を形成している。それは一言でいえば失敗に終った人生の物語である。すなわち『谷間の百合』にあっては主人公を社会的成功に導く灯台ともなるモルソフ夫人とは対照的に、アルヌー夫人は逆に主人公に全てを失わせてしまうのである。

アルヌー夫人はフローベールが『聖アントワーヌの誘惑』にその欠如を嘆いた首飾りを作る〈糸〉のように、諸々の要素をつなぎながら、この物語を作っていくのだが、主人公の人生から他の可能性を奪い結局失敗に終らせてしまう要因ともなっている点をいくつか辿っておこう。

まず、遺産が手に入った時、彼が真っ先に考える事は死んだ人と諦め忘れていたアルヌー夫人の事である。彼にとってこの財産は〈パリで夫人に再会できる〉という価値以上のものではなく、ついに最後までその他の有効な使い道とは結びつかない。ダンブルーズ氏の推挙で参事院入りし、末は大臣にという野心は、トロワで弁護士となる事を勧める母にパリ行きを納得させる為に持ち出されたものでしかない。最初に据えられた、パリ＝アルヌー夫人の関係は、地方青年の野心、立身出世の場としてのパリを、常に二義的域に留めている。

こうして物語二部でのパリ生活は、文学を志す知的野心も将来の地位を求めての奔走もすぐに中断されて、ロザネットへの欲望を相乗作用とするアルヌー夫人への恋という感情生活につきてしまう。アルヌー夫人の存在が喚起となって、デロリエに約束した新聞創刊の融資の為の小切手を彼女の夫アルヌーに用立ててしまう。この事は二人の友情にひびを入れるだけでなく、後に二度の代議士立候補の際、二度とも不利な一因として間接的に跳ね返ってくるものである[7]。

また〈いずれは県会とか代議士選挙に打って出る際の便宜も出来る〉と考えられるダンブルーズ氏の申し出たポストを得るための株購入の取り決めに行く途中で、夫人がクレーユに一人で居るらしい事を知ると訪ねに行ってしまい、この面会を棒にふる。

そして〈何はともあれ生活をここで変える事、あんな無駄な恋にもう心を空費しない事〉を決心しながら、財産にひかれて決める事で逡巡《しゅんじゅん》していたルイズとの結婚は、夫人を前にして言下に否定されてしまう。

夫人が約束を反古《ほご》にした理由を知って、再び心が通い合い、かつての交情が甦ろうとした矢先、ロザネットの侵入によって全てを台無しにされると、彼とロザネットとの関係も破局に向かいはじめる。「この事があって以来ロザネットのあらゆる欠点が目につき出した。」それは直接的には彼をダンブルーズ夫人の方に結びつけていく。しかしダンブルーズ氏の死後結婚を約束したこの夫人と、彼の子を生んだロザネットとの二重生活を楽しみながら、彼の頭からはアルヌー夫人が消えていない。アルヌーが金の工面が出来ずに家族を連れてパリを出ていく事を知ると、「どうしても1万2千フラン必要だ。さもないと二度とアルヌー夫人に会えなくなる。これまで彼には抑え難い希望が残されていた。あの人は彼の心の本質のようなもの、生活の基盤のようなものでさえなかったか。」という夫人のために、ダンブルーズ夫人に嘘をついてその金を用立ててもらう。が時すでに遅く、やがて事情を知ったダンブルーズ夫人の恨みの感情と、フレデリックの留守に言いよって侮蔑されたデローリエの復讐心がアルヌー夫人の持ち物を競売させる事になる。彼はそれをロザネットの企みと思い彼女を責め、「僕が好きだったのはあの人だけだ。」と言って彼女と別れてしまう。

一方ダンブルーズ夫人の方も競売の日、彼の一番大切な思い出に結びついた夫人の手箱を強引に買い取った事で、気持ちも醒めてしまい彼にとって最も将来性のある幸運なこの結婚を犠牲にしてアルヌー夫人の仇を取ったつもりになる。最後の心のより処として故郷に求めたルイズも友人デローリエに奪われてしまう結果となり、アルヌー夫人が去ってしまった時、彼は自分の周囲にあった全てのものを同時に失ってしまうのである。

3. 不在としてのアルヌー夫人

前章でみたように、フレデリックの人生はアルヌー夫人を愛するその固執故に失敗していくのだが、彼の心の内から最後まで離れなかったアルヌー夫人について考えてみよう。恋愛という情念《パッション》は、外面的には彼に一番ふさわしいルイズや、実利的効用を持ち野心を燃やさせるダンブルーズ夫人や、情欲の対象としてのロザネットには向けられず、現実の世界では稔る事のない、又もし稔ったとしても彼の将来に何ら具体的利益をもたらす事のないアルヌー夫人に向けられる。彼女との距離こそが、彼を他の女性達に向かわせ、その距離が回復された後では、あるいは回復する為に彼女達から身を引き離すといったふうに、彼が行う他の恋愛体験は、掴《つか》もうとして掴めない一つの核心を求めての彷徨、ある時は代償行為であって、決して彼のこの情念を変質させるものではない。

しかし、先に主人公の意識の内に夫人の存在が喚起、言及されない章が一つもない事を示唆したが、各章を通じて彼女が持続的に実在しているのは二部だけで、一部と三部では彼女自身が実際登場する場面はごく少ない。二部においても彼女が時空的持続をもって主人公の前に現存している時期は限られたものである。初めての出会いから晩餐に招待されて再会するまでに1年以上、破産によるノジャンでの生活からパリの再会まで3年間の空白、三部に至っては19年後の再会が語られる六章を別とすれば、彼女がフレデリックの前に姿を見せるのはたった二度である。二部を除いては彼は夫人と直接的な人間関係の持続を持っていないし、彼女と対峙する場面間には、常に多少なりとも時空的隔りがある。そして物語上における時空の外的状況のみならず、この恋の内的状況にも現実と夢想の越え難き距離が介在し、それは宗教的畏怖心ともいうべき感情によって接近を阻まれている。

この恋は所謂《いわゆる》強烈な一目惚れで始まる。

「と、それは一つの幻のようであった。彼女はベンチの真中に一人かけていた。少なくとも青年の眼をうった眩《まぶ》しさには他の人間の姿は見分けられなかった。」

そしてフローベールも念頭に意識した『谷間の百合』―その出会いも一目惚れである(8)―との大きな差異は何よりも『感情教育』にあってはこれが最後まで幻の域を出なかった事にある。つまりヒロインの人物造形にあるといってよい。我々は決して血肉と魂を持った一人の生身の女性としてその霊肉の相剋《そうこく》を生きたモルソフ夫人のようには、アルヌー夫人を捉える事が出来ない。モルソフ夫人は愛される幸福と苦悩、愛する喜びと苦悶を、母として妻として女として具体的に示して実在している。が、アルヌー夫人は多くの場合見つめられ想われ説明される存在であって、その人自身の口から人となりや心情が示される事は少ない。ロザネットへの嫉妬も、ルイズとの結婚を聞かされた時の動揺も、夫や子供に対する感情も、フレデリックへの愛についても全てテクストからは部分的、表面的にしか知る事が出来ず、その深い心の奥を察するのは読者に委ねられている。オトゥィユの別荘で短期間だけ保たれた二人の内的親密さを除いては、同じ空気・雰囲気を息する事もなく、決定的別離は、物理的な隔たりによってなされる。このような恋の在り方、ヒロインの希薄性は、人物造形としてだけみれば必ずしも成功しているとは言い難いものである。J・P・リシャールが〈虚無の創造〉[9]と論じたようなアルヌー夫人の非実在性は、小説構成上の作者の要請が加わっているとしても、彼女がフレデリックにとってそうであったように創造者たるフローベールにとってもその実質を掴めない存在ではなかったかと思われる程だ。作者と血肉を分かつエンマ・ボヴァリーとは違って、作者をしてその内面に深く入り込ませない体《てい》のこの他者性は、〈フレデリックの小心、想像力と行為の一致を欠く現実を前にしての無力〉によって、自己と対峙する真の他者ではなく夢・幻と化してしまう。すでに最初の出会いから情熱の烈しさは、現実の行動と直線的に結びつかず、想像力をかきたてて夢想の世界を創り出すだけであった。この果てしない夢想の強烈さと現実での非行動性の〈間隙を充たし包み隠す内部生命〉によってこの恋が綴られていく故に、アルヌー夫人はいつまでも夢の存在に留まるしかない。恋の達成の為の現実的手段を欠いたまま、実現不可能を可能に変える勇気を欠いたまま、それだけに一層夢想の中に高められていく恋、この情熱は想像裡に育まれたものであるために常に同じ強烈さを持って持続するというよりも、絶えず彼の感情を刺激し喚起させる外界の助けによって、あるいは内的心情の触発によって思い起こされ、新たに認識させ直すような性格を有している。この事が彼をその他の恋に又は諸事件の渦中に生かす余裕を与えているのだ。彼はしばしば夫人を思いきろうとして、これが最後だと言い聞かせる。彼女を忘れている時すらあり、長い間会わなくても自分なりの生活をそれなりに生きていく。が、実際の自分の生活の中で彼女の不在を耐える事は出来ても、心の中で彼女を思い求めるのを完全に止めてしまう事だけは出来ない。どんなに諦める事を誓ってみても心の中から己の情念《パッション》を消去しえない。現実に彼女を得る事が出来ないためにかえって止む事なく夢想を紡ぎ出させ、その存在を忘れ切ってしまう事を不可能にしているのだ。

彼がアルヌー夫人によせるこの凄まじい執念、しかし結局不毛に終る情熱とは一体何なのか。「フレデリックにとってはマリという一人の女性だけが定かならぬロマネスクの世界にエンマがみていたもの、つまり幸福の姿なのだ。慎みのない好意をふりまくでなく、無関心な冷淡さを衒《てら》うでもなく、彼女は穏やかな尽きる事のない輝きで幸福の可能性を照らし出す性質を一身に具現している。[(10)]」とA・チボーデが評したように、それは疑いもなく一つのボヴァリスムである。しかしこのボヴァリスムは、非現実的世界、そのロマネスクな夢への執拗さによって人生を拒絶する事に成功する。不在としてのアルヌー夫人とその不在を追って開けていくフレデリックの人生——この幸福の幻想的世界は、その幻の執着故

に〈虚無〉から出て〈虚無〉へ帰る現実の人生を逆に否定するものである。それは、

「〈真なるもの〉は決して現在のうちにはありません。現在に執着すればそこで滅びるしかないのです。今の時代、思想家は（芸術家とは三層倍の思想家でなくて一体何でしょうか？）宗教も祖国もいかなる社会的信念でさえも持つべきではありません……今のような時代、我々を熱狂させないまでもせめて興味をかきたてる程の何かまともな支持するに足るものがあるでしょうか？……現代のような悲しい時代に生きていればストイックにならざるを得ない。」（１８５３年４月26‐27日）

と嘆いた作者の現実拒否、その深い時代憎悪によって裏付けられる、より真実的な文学の世界、芸術の肯定ともつながる世界である。

4．作品の時代背景

最後にこの恋と小説が持っている歴史的背景との関係に触れるつもりだが、その前に小説

の持っている時代背景について確認しておこう。

己の青春の回想をその青春が生きた時代の回想とするべく、一青年の歴史を同時代の歴史の中に組み込み、この歴史的背景を枠組に人生の流れをロマンとして再構成したこの小説[11]でフローベールが書かんとした事は、彼が語った言葉によれば、次のような事であった。

「今一ヶ月前からパリを舞台とする近代風俗を扱った小説にかかりきりです。我が世代の人間の風俗物語を書こうという訳です。「感情的」といった方が適切かもしれません。愛と情熱、但し現在存在しうるような、いわば何の結果も得られないような非行動的な情熱の書です。私が抱いている主題は極めて真実であると思いますが、それ故に又恐らくあまり面白くないかもしれません。事件やドラマにやや欠け、筋の運びは極めて長期にわたっています。」（１８６４年10月６日）

これは、この小説をそれを生んだ時代という巨視的視点で捉える時重要な意味をもっている。すなわちこの物語は、現代の風俗を写した、現在存在しうるような何の意味もない非行動的な愛の物語である。——現代を描こうとすればそうした愛の在り方が相応《ふさわ》しく、又そういう愛を描くには現代は恰好な舞台であった。二月革命前後の時代を生きた様々な人生模様、その時代の精神史と重ね合わせたフレデリックの人生、アルヌー夫人との交情の中に、フローベールは初めから、こうした時代の問題を暗黙裡に含ませている。が、フレデリックの恋をはじめその人生にみられる非行動性という主人公の大きな特徴は、個人的レベルの気質の問題に留まらず、フローベールもその時代制約を蒙《こうむ》った現代という作家の時代に深く結びついたものである。

19世紀の一つの文学伝統――失敗・挫折（l'échec《レシェック》）をテーマにした小説系譜に属しているとも言えるこの小説に対してなされた先行諸作品との詳細な比較研究に言及した[12]P・G・カステックスは、『ゴリオ爺』巻末、埋葬を済ませたペール・ラシェーズ墓地で、パリにあの有名な挑戦[※9]を投げつけるラスティニャックと、ダンブルーズ氏を埋葬した同じ墓地でその未亡人との結婚を約束されながら、故人に捧げられる演説を退屈して聞いているフレデリックに象徴される青年像に触れて、「バルザックの描く青年は強靱で辛抱強く成り上っていくためのあらゆる機会、状況を逃がすまいとする。片やフレデリックは周囲の出来事に

※9　「さあ、今度は俺とお前の一騎打ちだ！」と叫んでパリの上流社交界に挑戦状を叩きつけて物語は終わる。

ふり回わされ常に自分の運命を自ら切り開いていく事が出来ない。」と述べている。この正反対ともいうべき青年の性格を作り出している諸々の要因はあろうが、『感情教育』の世界も、それを書いたフローベールの世代も、わずか20年足らずの間にバルザックやスタンダールの世界とは本質的に異なってしまっているという時代相の差異には注目しておいていいだろう。

王政復古から七月革命にかけてのフランスの社会情勢の中に、大革命とナポレオン帝政が示した栄光の幻滅をみ、それでもなお自己の全存在を賭して時代・社会に挑むラスティニャックやリュシアン・ド・リュバンプレ、ジュリアン・ソレルのあのエネルギッシュな闘争は、二月革命と共和制の失敗、支配階級としてのブルジョワジーの安泰による資本主義体制の成熟とともに潰え去る。最終的にはこの巨大な社会の機構に阻まれ時代の流れの中に挫折しようとも、バルザックやスタンダールの主人公達は、己の存在、自我を信じ、堅固な意志を持ってこの社会に己の幸福、存在の場を求めて行動する文字通りのヒーロー、英雄である。そして、これらの主人公達は実際には現実の社会には存在しえない程傑出した個人であり、彼らの挑戦する社会機構の矛盾の大きさと引き合う力を担わされた作者の空想の創造物である。小説の中でしか彼らが生きえなかったという事の中に、すでにこうしたヒーローを生み得なくなっている現社会体制の凝固の強さを推し測れよう。フローベールは、現実の実質的戦いもさる事ながら、もはやロマンとしてもこの葛藤《かっとう》を生きえない程閉塞した時代に生きている。『赤と黒』でジュリアンのレナール夫人への恋は、秘かに欲し、誓った夢を実現化していこうとする生活の中で、生々しく直線的に生きられる激しいものであった。同じ人妻を対象としながらフレデリックの恋との対照性は、作家の気質の違いを重要な一因としながらも、時代の申し子としての青年像の相違を如実に示している。フローベールはフレデリックの物語を、主人公が物語中で思い描くようなロマンとして作るのではなく、そういう恋を思う人間の失墜の物語として描かざるをえない状況を生きていたのである。この夢想された非現実の世界に固執する限り彼は現実にあっては失敗せざるを得ない。何よりも彼の生きている現実によって夢は夢でしかなく、心で欲した生活を全的行動で実現するエネルギーは内的にも外的にも求めようがないからである。現代を舞台とした時フローベールが描いた世界は、彼の生きたこの閉塞した時代を見事に写しとっている。

大革命から帝政への波瀾に富んだ世界を舞台に絢爛《けんらん》と繰り広げられる恋、一つ一つ階段を登りつめていく栄光の生涯やその失墜のドラマが息づいていた時代からはすでに遠く隔たり、たとえ政治が先の見通しを持たぬまま目まぐるしく変転しても、結局それは〈茶番劇〉のようなものであり、そこにあるのは、かつての激動した時代とそれを生き抜いた人々の熱狂した生ではなく、社会そのものを根底から覆して新しい時代を生み出すといった事のもうない澱《よど》んだ時代である。フローベールは、この金銭を万能とする卑俗で散文的なブルジョワジーの支配する社会、己の生きていた時代を、青年期から生涯を通して憎悪していた。[13] そして、如何なる政治・社会的思想も己の拠って立つ処のものと信じえなかったその深い時代憎悪、ペシミズムは『感情教育』の人々を（彼らが人生に成功するにしても失敗するにしても）皆おしなべて〈人間の愚劣さ〉のテーマの下に描く時、恰好の時代背景を見出すのである。

小説の舞台として選んだ七月王朝末期から二月革命を経てナポレオン（三世）のクーデターに至るまでの時代・社会を描くのに厳密な歴史家たらんとしたフローベールにとって『感情教育』の時代は単なる背景としてではなく、こうして〈一世代の精神史〉という別の大きなテーマを提供するものとなった。歴史的事件、政治的葛藤、その社会的背景は、執筆に際してなされた厖大な資料的裏付けと、どの党派にも与《くみ》しない中立的立場[14]をとろうとする努力によって正確な歪みのない事実として史的小説の概観に恥じないものである。が、この歴史的正確さをもった時代・社会は、何よりもその消極性・否定性において捉えられる。行動の無力、現社会への忍従につながるフローベールの政治・社会に対する退嬰《たいえい》主義はフローベールをして革命の失敗を、理念を信じ社会の改革を求めて行動した人々の失敗と同一化させる。この時フレデリックの人生と彼を取り巻く人々の人生も〈真実の価値（愛・正義）を追求して失敗する一個人、一世代の無力・無能〉を露呈し、フローベールの時代感覚が捉えた歴史の流れと一体化して小説の統合性を作っていく。〈ある青年の物語〉という副題をもつこの小説は、フレデリックと友人デローリエが、物語が始まる冒頭（「1840年9月15日～」）以前の1837年の夏休み中の出来事を回顧して、〈あの頃が一番よかったなあ〉と言い合って終わる。最後に二人が〈偶然や情勢や自分達の生きた時代に愚痴〉を言いながら結論する彼らの人生は、B・スラマのいう「もしそれらが1840年から51年の社会・経済・歴史・精神的危機の中に組み込まれていなければかくはならなかったもの」として時代と結びつくのである。(15)

5. 作品の歴史的背景

小説の舞台――二月革命前後のフランスの動静は、終始世の中の動きに直接的利害関係を持たず傍観者として存在する主人公の視点を通して描かれていく時、客観性を帯びたものになるのに貢献するものだが、彼はこの超党派性をもって周囲を鏡のように写す役目をするだけではない。彼も又彼なりにこの大きな歴史的潮流に自己を実現しようとする一個人であり、その人生はフローベールが意図し苦心したように社会の動き、歴史的事件に組み込まれたものである。

デローリエやセネカルのような確固とした急進的思想にはついていけないまでも、フレデリックは、ルイ・フィリップ治下を批判し、もっとよい社会を考える理想を抱いた青年達のグループにあって心情的には共和派に与している。しかし、彼が革命前夜、仲間からのパンテオン広場集合の手紙を投げ出すのは、その日が待ちに待ったアルヌー夫人との約束の日だったからである。

「なあに、この連中の示威運動なんか、もう分かりきっている。真っ平だ！　こちらにはもっと楽しい約束があるんだから。」

当日も「私服の警官が最も反抗する者をつかまえて手荒く交番に連れていった。フレデリックは内心憤慨しながらも黙ってみていた。他の連中の巻き添えを食ってはアルヌー夫人に会えなくなりそうだ。」と、夫人を前にしては如何なる社会的行動もかすんでしまう。J・ブリュノーは、人物や事件が受動的に継起し合うこの小説の原動力として〈偶然性の問題〉を取りあげた論文の中で、この約束の日が、革命勃発の日であった偶然について、「フレデリックが夫人と約束した日が革命の始まる日だったのは〈不幸にして〉ではない。フローベールは生命を賭して戦わず自らの運命を作り出す事の出来ない人の挫折を皮肉に示そうとした。[16]」と言っているが、歴史的背景と恋のこの接点は、フレデリックが革命参加ではなく夫人を選び、偶然によってこの約束が実現されなかった時、別の視点からも重要な意味を持ってくる。彼のこの世の最大関心事はアルヌー夫人であり、それ以外の全ては常に二義的なものでしかない。何ものもアルヌー夫人を犠牲にしてまで彼をひきつける事はないのである。代わりに求めたロザネットには、こうした力はない。彼は彼女が止めるのも聞かず銃声の聞こえた街にとび出していく。フォンテヌブローでの現実逃避もデュサルディエの負傷を知ると、彼女の反対を押しきってパリに帰ってくる。

「彼はこういう利己主義に腹を立てた。他の連中と一緒に自分もパリに居なかった事を後悔した。祖国の不幸にこんなに冷淡でいられたのは卑劣なブルジョア根性だった。突然女とこういう事をしているのが罪悪のように重くのしかかってきた。」

ここでは、ロザネットを前にして共和制の象徴ともいうべきデュサルディエが選ばれる。ロザネットとの夢の時間は、こうしてすぐに現実に破られるものだが、まさにその事によってこそ、フレデリックは二月革命と六月事件のカメラ・アイとなる事が出来た。

共和制とその後の進展が舞台として大きくクローズアップされながら物語が展開していく第三部で、主人公をこの混迷する歴史的背景の中に生かす為には、全てのものを蔽《おお》い尽くし現実そのものを遠くに運び去ってしまう夢の絶対的存在であるアルヌー夫人に身を投げ出させる訳にはいかない。彼のカメラ・アイが歴史的事件を正確に映すには、この大いなる情熱から一時的に解放されている事が必要である。〈彼の恋は大風に吹きとばされる木の葉のようにふっと消えている〉必要が——。そして主人公の人生は、革命の進展と反動化の途上で夫人とは無縁に生きられるのである。共和制の失敗、否定へつながる重苦しい歴史の逆行の中で、誰もが己の利害しか追わず無節操にその考えを豹変させて生きていく。二度の代議士立候補が示すように主人公ですらその例外ではない。が、アルヌー夫人は人々をその渦に巻き込んだ新しい社会情勢とも無縁に、最初の出会いで人々の只中に在りながら主人公の目にたった一人、切り離されて映ったように隔絶されて存在している。主人公が彼女なしで生きていくこの腐敗堕落していく社会、時代において、この世の地上的穢れから孤絶されている彼女こそ、この不毛な時代を否定する彼方の無傷の領域を象徴するものとなろう。この彼方の存在への固執は、フレデリックの恋の情念の強さの証であるとともに彼と社会との結びつきの希薄性を明かすものでもある。彼の人生は実体のない夢の存在に深く根ざしているのに比して、歴史には表面的に組み込まれているにすぎない。彼が己の生きている社会、時代の流れの内部において自己実現するためには、アルヌー夫人ではなく〈革命こそが全ての荒廃の象徴的焦点〉となる必要があったろう。しかし、社会の情勢はただ愚かしくうつるばかりで、階級対立や革命の失敗、クーデターの意味など真に理解する事なく、変転する暗澹《あんたん》たる世の中に嫌悪を感じるだけで終ってしまう。彼にはこの社会への憎悪・拒否を肯定にかえるべき如何なる行動も思想もない。彼は決して積極的に社会と関わらない。作者にとってそうであったように、この時代・社会故の、あまりに深い不信が社会と関わらせなくしているというべきか。結局己の生きている社会に、己の存在を確立する思想的基盤を持ちえず、共和制の側に立とうと保守派の側に立とうと、社会と真に対立も和合も出来ず、その場その場の状況に、偶然に押し流されていくだけである。この社会との関係は、中立的立場をとろうとした作者を代弁する傍観者として、客観性を確立した小説上のプラス性から一転して社会からの疎外とも呼びうるような主人公自身の在り方のマイナス性ともなろう。

さらに、私生活においても富と愛される喜びを与えてくれるルイズとの結婚、社会的地位・上流階級を保証するダンブルーズ夫人との結婚も駄目にしてしまい、この現実世界に自己の立場・地位を確立する事を、あるいはそのための有効な手段を、次々と取りこぼしていってしまう。そこには常にアルヌー夫人から離れる事の出来なかった主人公の感情が作用している。そして最後に夫人が去ってしまった時—それは奇しくも二月革命と共和制の失敗を画するクーデターと重なっている—彼は人生そのものを失ってしまうのである。そこには、野心を抱きながらも卑俗的な事という一種の後ろめたさを感じるために、富や名声や権力に対しては最終的に彼の恋と引きかえにしうる程の固執を持ちえなかった主人公の人生に対する態度が寄与している。主人公のこの恋によせる情熱が何ものにも代え難かったという事は、他のものが人生の目的として真に追求しうる程、彼を魅了するには足らなかったからであり、この情熱の固執は、彼に実生活での全てを失わせながら逆に、実生活の不毛さ、政治参加や富や名声や権力志向、フローベールの定義するこの時代の不毛さを告発していると考える事が出来る。この時フレデリックの恋は、ロマネスクな夢への固執という現実における消極性・否定性から、時代・社会のあらゆる不毛さ・無意味さと引き合うプラスの力として、フローベールが表明する現実への憎悪、否定のその大きさに見合うだけの強烈な〈輝かしい点〉の具現化に成功するだろう。

以上フレデリックの恋についてみてきたが、彼の人生においてアルヌー夫人が具現した、現実否定を伴う絶対的焦点――全てのものがこの点を中心に秩序づけられ、それによって意味を持ち、又そこから世界を開き、その存在が彼の生きた不毛な時代・社会からの現実離脱のより処ともなった――この焦点は、作家フローベールの人生にとっては、アルヌー夫人のモデルとされるシュレザンジェ夫人ではなく〈芸術〉が具現するであろう。それを検証するには、作品の自伝的要素、現実のフローベールの恋、文学に身を捧げて生きた彼の人生等、他の総合的視点からのアプローチが必要であろう。

注

(1) A. Vial, *«Flaubert, émule et disciple émancipé de Balzac»*, R.H.L.F., 1948, 6–9.
(2) A. Thibaudet, *Gustave Flaubert*, Gallimard, 1973.
(3) C. Du Bos, *Approximations*, t.I, Plon, 1922–1939.
(4) G. Poulet, *Les métamorphoses du cercle*, Plon, 1967.
(5) J. Bruneau, *Les Débuts Littéraires de Gustave Flaubert 1831–1845*, Colin, 1962.
(6) J. Bruneau 前掲書。
(7) 革命直後、進歩的新人として立候補しようとした際はセネカルによって「ある民主主義的新聞創刊の出費を約束しながらそれを出さなかった……」と異議を申したてられ、保守派の新人として立とうとした際もデロリエから「自分の忠告を聞いていたら！　我々の手に一つ新聞があったら！」とこの点を強調される。
(8) 「と、一人の婦人が僕のひ弱な姿を見あやまって……つと僕の傍に腰を降ろしました。忽ち僕は女人の芳香を感じ、それは僕の魂の中に後にそこに東邦の詩が輝いたように満ち輝きました。僕は隣りに坐った女の人を偸み見ました。祝宴に幻惑された以上に僕は忽ちこの婦人に眩惑されてしまいました。」(『谷間の百合』小西茂也訳)

(9) J. P. Richard, *Littérature et Sensation “La création de la forme chez Flaubert”*, Seuil, 1954参照。
リシャールは〈読者でさえその本質を成しているものを把握出来ない〉、〈バルザックの人物のようにその外見（人物をとり囲んでいるものを掘りおこす事によって外見的に所有されるやり方）では規定できない〉と述べている。

(10) A. Thibaudet 前掲書。

(11) 草稿が示すように最初のモティフとしては、こうした野心的試みは意識されていない。Ｐ・コニーは書簡から「個人的恋愛を越えてモティフとして一世代の〈非行動的〉恋に移し歴史的文脈に頼ろうとしたのは１８６４年10月から１８６５年5月までの間」と断定。P. Cogny, *L'Éducation Sentimentale de Flaubert*, Larousse, 1975.

(12) P. G. Castex, *Flaubert—L'Éducation sentimentale*, C.D.U.

(13) すでに青年期の『狂人の手記』等の作品にも示され、書簡でも随所に表明されて枚挙に遑《いとま》がない。

(14) 《自分の小説の中で民主主義者等に媚びないといいましたが保守主義者等も誓って容赦しません……》
（１８６８年9月末）

(15) B. Slama, *«Une lecture de l'Éducation sentimentale»* (Littérature mai 1971). cf. P. Cogny 前掲書。

(16) J. Bruneau, *«La Rôle du hazard dans L'Éducation Sentimentale»*, Europe, 1969, 9–11.

〈著者紹介〉

瀬戸和子（せと かずこ）

東京学芸大学教育学部（社会科歴史専攻）卒業後、中央大学文学部（仏文専攻）に学士入学、卒業。中央大学大学院文学研究科（仏文学専攻）博士前期課程入学、同課程修了、文学修士（修士論文：L'Education Sentimentale）、同大学院同研究科博士後期課程、単位取得満期退学。東京学芸大学、明海大学、法政大学、千葉商科大学兼任講師（フランス語担当）を務め、2022年3月退職。

フローベールの秘密《ひみつ》
—汎神論《パンテェイスム》と両性具有《アンドロギュノス》から読《よ》みとく作品世界《さくひんせかい》—

2024年1月31日　第1刷発行

著　者　　瀬戸和子
発行人　　久保田貴幸

発行元　　株式会社 幻冬舎メディアコンサルティング
〒151-0051　東京都渋谷区千駄ヶ谷4-9-7
電話　03-5411-6440（編集）

発売元　　株式会社 幻冬舎
〒151-0051　東京都渋谷区千駄ヶ谷4-9-7
電話　03-5411-6222（営業）

印刷・製本　中央精版印刷株式会社
装　丁　　江草英貴

検印廃止

Printed in Japan
ISBN 978-4-344-69001-1 C0098
幻冬舎メディアコンサルティングＨＰ
https://www.gentosha-mc.com/